陰陽師・榊原朧のあやかし奇譚

御守いちる

STARTS
スターツ出版株式会社

目次

陰陽師・榊原朧のあやかし奇譚

一柱　思いを繋ぐ懐中時計

入社式の今日、新社会人として働くはずだった会社が、倒産してしまった。

「嘘だろ……」

会社の前には、テレビ局のカメラマンが殺到していた。

表向きは順調だったその会社の業績は、火の車。おまけに社長が大規模な粉飾《ふんしょく》決済を行っていたらしく、騙《だま》されて取り残された社員たちは泣いたり叫んだりして大騒ぎだった。

俺はよろよろとした足どりで、帰路につく。どこをどうやって歩いて家まで帰ったのかすら、まともに覚えていない。

気がつくと、俺は自宅の前でぼんやり突っ立っていた。

うちは二階建ての一軒家で、敷地だけは無駄に広い。重厚感のある塗り壁に、昔ながらの屋根瓦《がわら》。和風のどっしりとした佇《たたず》まいのこの家は、もともとは祖父の持ち家だった。

今ここに住んでいるのは、俺と妹の鈴芽《すずめ》だけだ。

「ただいま」

居間に入ると、鈴芽はテレビを見ていた。

彼女は俺と目が合うと、あからさまにぷいと顔をそらす。

「……あの、鈴芽、大事な話があるんだけど」

話しかけると同時に、彼女はつんとした態度で会話を終了させようとする。

「何？　あんまり話しかけないでって言ってるでしょ」

パッチリとした意思の強そうな瞳に、少し幼さを残したやわらかそうな頬《ほお》。肩甲骨《けんこうこつ》あたりまで伸びる長い髪は、二つに結ばれている。前髪にはいつも、お気に入りのビーズのヘアピンをつけている。お兄ちゃんお兄ちゃんと俺にまとわりついてきた年の離れた妹も、反抗期なのか何なのか、最近はつっけんどんで冷たい態度をとる。鈴芽は小学六年生。難しいお年頃だ。

「あのさ」

「何？　さっさと言って」

「その……、会社が倒産した」

「は!?　本気で言ってるの、それ!?」

鈴芽は立ち上がって俺の襟首《えりくび》をつかみ、ガクガクと揺さぶる。

「意味分かんないっ！　どうして!?　私たち、天涯《てんがい》孤独《こどく》のきょうだいが一文《いちもん》無しでこれからどうやって暮らしていくつもりなの!?」

「いやいや、もちろん新しい仕事を探すよ。あの、この家はとりあえず家賃がかからないし、少しだけど爺《じい》ちゃんの遺してくれたお金もあるし……鈴芽が心配することは何もないから」

鈴芽はものすごく怒った顔で何か言いたそうにしたが、「あっそう！」と叫んで自分の部屋へ閉じこもってしまった。

「はぁー、困ったなぁ」

俺は頭を抱えて、その場に座り込んだ。

今までの人生が、走馬燈《そうまとう》のように駆け巡っていく。

志波明良《しばあきら》、享年《きょうねん》二十二。

いや、まだ死んでないけど。

思えば不運続きの人生だった。

もともと俺と鈴芽は、父と母、それに祖父の五人でこの家に暮らしていた。

しかし俺が小学生の時、ある事件が起きて、父と母が亡くなった。鈴芽はその時まだ、生まれたばかりの赤ちゃんだった。

俺は小さな鈴芽を抱きしめて、ただただ震えて泣くことしかできなかった。それから俺と鈴芽は、祖父と三人で生活することになった。

両親の死後、祖父の態度は一変した。

祖父は炊事や洗濯といった家事のすべてを、子供の俺と鈴芽に押しつけたのだ。

家のことを完璧にこなすことを強要されつつ、勉強をおろそかにすることも許されなかった。

しかも祖父が俺の高校と大学の学費も出し渋ったため、俺は奨学金とアルバイトで学費をまかなわなければならなかった。

祖父はいつも不機嫌そうにしていて、必要最低限のことしか喋《しゃべ》らなかった。俺と鈴芽は、祖父がまともに笑った顔を見たことがない。

俺たちきょうだいは、いつも祖父の顔色をうかがっていたように思う。祖父がいる部屋では俺も鈴芽も他愛ない話をするのにさえ気を遣って、自分の家なのに、居心地の悪さを感じていた。俺は早くこの家を出て、鈴芽と二人で暮らしたかった。

大学の卒業が間近に迫った、二月の終わり。就職も決まったし、早々に引っ越してこれからは鈴芽と二人でのびのびと暮らそう。そう考えていた矢先の出来事だった。

ある朝目覚めたら、祖父が布団の中で静かに息を引き取っていたのだ。七十五歳、脳梗塞《のうこうそく》による急死だった。

あまりに突然の出来事に、俺も鈴芽も呆然《ぼうぜん》としてしまった。自分勝手で暴君のように振る舞って、挙句、こんなに呆気《あっけ》なく死んでしまうなんて。

祖父が亡くなって悲しんだかと言うと、正直清々《せいせい》した。長年の息苦しさから、やっと解放されるのだと思った。

ちっとも祖父の死を悲しめない自分に、ほんの少し嫌悪《けんお》感を抱いた。

けれどたまに祖父が見せる、何か言いたそうな、怒ったような視線が、どうしても苦手だった。

祖父のことを思い出すほどに、苦々しい記憶ばかりが募《つの》る。

俺は祖父を憎んでいたし、祖父もきっと、俺のことが嫌いだったのだろう。

どうしても、俺のことを許せなかったのだ。

あんな事件があったから――。

俺は居間の壁にもたれて座り込み、古い懐中《かいちゅう》時計を胸ポケットから取り出した。

悩んだり考え事をしたりする時は、ついこの時計を眺めてしまう。

「ほんとにどうしようかな、これから……」

懐中時計なんて、今時珍しいだろう。この時計は俺が十歳の時に、生前の父から貰ったものだ。

少しくすんでいるが、金色で風防《ふうぼう》ガラスを保護する上蓋《うわぶた》がついている。ガラス越しに、カチカチと音を立てながらさまざまな歯車が精密に噛み合って動いている様は、飽きずにいつまでも見ていられる。

幼い頃は、父が大切にしているこの金色に輝く懐中時計が、羨《うらや》ましくて仕方なかった。

時々時刻がずれるし手巻きなので自分で時間を調整しないといけないが、その分愛着がある。俺は今は亡き父と共に時間を刻んできたこの時計を、大切に思っていた。この時計を見ながら仕事をしていた父の後ろ姿が懐かしいなと思ったが、感傷に浸っている場合ではない。

生活するのには、先立つものがいる。鈴芽もこれから中学、高校と進学するにつれて学費がかかってくる。俺は深い溜め息と共に呟《つぶや》いた。

「早く新しい仕事、探さないとな」

この時の俺は、これ以上どん底に落ちようがないと、思っていた。

しかし真の災難は、これだけで終わらなかった。

ある日曜日、俺は池袋にいた。

職探しをしつつ、生活費のために日払いのバイトをすることにしたのだ。今日の仕事は、ティッシュ配り。大きなダンボール箱に入ったポケットティッシュを道ゆく人に配って、箱が空っぽになったら終了。だけどなかなか貰ってもらえなくて、配り始めてから二時間、いっこうに中身は減らなかった。

そろそろ休憩しようかと思いながら配り続けていると、髪の長い女性が歩道で頭を抱えるようにして、うずくまっているのが目に入った。

具合が悪いのかと思い、彼女の方へ駆け寄って声をかけた。

「あの、大丈夫ですか？」

女性は地面に突っ伏し、頭を押さえたままくぐもった声で答える。

「頭が……頭が痛いの」

「頭痛ですか？　我慢できないくらい痛いようなら、救急車を呼びますよ」

彼女はしばらく黙って、それから低い声で答える。

「……首も痛いの」

「首？　どこかぶつけたんですか？」

女性が勢いよく立ち上がった瞬間、彼女の首が、ごろっと地面に転がり落ちた。

「ひっ！」

俺は驚いて目を見開く。

この後に及んで、俺はまだ救急車を呼んだ方がいいのかどうか迷っていた。もしかしたら事故か何かで頭が取れてしまったのではないかと、バカなことを考えたのだ。

しかし地面に落ちた女の顔は俺をじっと見て、にやりと笑って言った。

「私の頭、落ちてしまったの。あなたの頭を、ちょうだい」

あ、これ人間じゃないやつだ。

「うぎゃあああああああああ！」

理解したのと同時に悲鳴を上げ、一目散に走って逃げる。恐ろしいことに、首なし女は俺の後ろについてくる。

しかも走るのがめちゃくちゃ速い！

「おかしいだろ、頭がないから前が見えないはずなのに、何でそんなに足が速いんだよ！」

半分泣きそうになりながら後ろを確認すると、女の身体だけでなく、その隣で女の首もゴロゴロと転がって、こちらを追いかけてきているのに気づいてしまった。

声にならない悲鳴が口から漏れる。

必死に走る俺は、楽しげに友人と歩いている若い女性やキャッチセールス中の男性にばんばんぶつかってしまう。彼らは俺に追突され、不満を口にしたり舌打ちしたりする。だが、謝っている余裕はない。

というかこれだけ人がたくさんいるのに、どうして俺ばかりを追いかけてくるんだ！

全力疾走《しっそう》している俺を見て、不思議そうに振り返る人までいる。そうか、あの女の姿は、俺にしか見えていないのかもしれない。

そのうえ女が仲間を呼んだのか、俺を追ってくる幽霊の数は、どんどん増えていく。いつの間にか五、六体くらいの霊が、俺のことを追いかけていた。

やがてサンシャインシティを越え、首都高速を隔《へだ》てる大きな横断歩道を渡ると、だいぶ人通りがまばらになった。

どこまで逃げても、霊はしつこくつきまとい、諦めようとする気配がない。

足を止めず、池袋中央公園沿いの歩道に到着する頃には、へとへとになっていた。体力の限界を越えて走り続けているので、脇腹《わきばら》がズキズキと痛んだ。気持ち悪い。吐きそうだ。足がもつれ、呼吸も荒く苦しくなるが、足を止めれば最後、きっと捕まってしまう。

このまま幽霊に捕まったらどうなる？　死ぬ？　俺も幽霊の仲間になる？

「絶対嫌だ！　どうすりゃいいんだよ！」

そう叫んで、背後を振り返った瞬間、驚きで息が止まりそうになった。

「……爺ちゃん！」

俺を追いかけてくる霊たちの中に、見知った顔があったのだ。

——祖父だ。

青い着流《きなが》し。白髪。怒ったような、不機嫌そうな顔つき。

どう見ても、それは祖父の姿だった。どうしてこんなところに？

考えていたら動揺のあまり足がもつれ、その場に勢いよく転んでしまう。

それと同時に胸ポケットから懐中時計が滑り落ちた。

「っつぅ……」

俺は手を伸ばし、必死に時計を拾った。

これは大切な父さんの形見だ。この時計だけは、絶対になくしてはいけない。

時計を握りしめた時、俺の手の上に、しっとりと濡れた誰かの手が重なった。

ハッとして顔を上げる。

さっきの首なし女が、目の前にいた。

首のない身体の隣には、女の顔が並んでいる。女は不気味な表情で、俺を覗き込んでにたりと笑う。間近で目が合い、全身にぞっと鳥肌《とりはだ》が立った。

懐中時計をぎゅっと握りしめながら、後ずさろうとした。

しかし女の身体は俺の上に馬乗りになり、首に手をかけ、ギリギリと締めつけてきた。

耳まで裂けた口が、けたたましい歓声を上げる。

「ツカマエタ、ツカマエタ！」

必死に抵抗するが、まったく歯が立たない。普通の女性なら、さすがに力で負けることはないと思うが、どれだけ抵抗しても、女の手から逃れることはできなかった。

「イッショニイコウ。イッショニイコウヨ」

「うわあああ、嫌だ嫌だ嫌だ、絶対嫌だ！　誰か助けてくれ！」

手の力はどんどん強くなっていき、まともに呼吸すらできなくなる。もうダメだ！

俺、このまま死ぬのか？

薄れる意識の中、そう思った瞬間だった。

誰かが女に対して、鋭い声で叫んだ。

「六根清浄急急如律令《ろっこんしょうじょうきゅうきゅうにょりつりょう》」

声が聞こえたのと同時に、女は悲鳴を上げながら姿を消し、全身がふっと軽くなった。

助かった、のだろうか。

俺はゲホゲホと咳払《せきばら》いしながら声の主を探し、視線を上げた。

そして目の前にある人の顔を見て、思わず息を呑んだ。

――そこに立っていたのは、ものすごい美女だった。

意識が朦朧《もうろう》としていたこともあって、一瞬天使か女神のように見えた。

俺はこんなに綺麗な人を、かつて一度も見たことがない。

抜けるような真っ白い肌に、すらりとした形のいい眉《まゆ》、通った鼻梁《びりょう》。

どのパーツも美しかったが、特にその目が印象的だった。ほのかに暗くて深い、吸い込まれてしまいそうになる、宝石のような紫色の瞳。

整いすぎた美貌《びぼう》は、いっそ恐ろしさを感じるほどだ。

暗めの銀髪は、染めているんだろうか。まるで銀糸《ぎんし》のような、細く艶《つや》やかな髪だ。その人は俺の腕をぐいっと引いて、俺をふわりと立ち上がらせた。それから身体をぎゅっと抱き寄せる。

……あれ、硬い。

その人の身体の質感が思いの外骨張《ほねば》っていて、そこで初めて男性なのだと知る。よく見ると、服装もスーツだし。

彼の服からほのかに甘い香りがして、不覚にもドキリとした。

何で抱きしめられているんだと動揺したが、周囲を見渡せば、まだ何体も幽霊がいることに気づく。

「うわあああああああ！　ま、まだたくさんいるっ！」

それからハッとして、祖父の霊の姿を探す。しかし、どうやら祖父はいなくなってしまったようだ。少しだけほっとした。もしさっきの女にされたように祖父にまで襲われたら、どうしていいのか分からない。

男は「キリがないな」と低い声で呟《つぶや》き、懐《ふところ》から長方形の白い紙を取り出す。

「邪魂火滅《じゃこんひめつ》　朱雀飛来炎《すざくひらいえん》」

呪文《じゅもん》を唱えながらそれをピッと宙に飛ばすと、驚くことにさっきまでただの紙きれだったはずのそれが、炎を纏《まと》った尾の長い鳥に姿を変えた。

燃え盛《さか》る鳥はぐるりと俺たちの周囲を一周し、俺につきまとっていた幽霊たちを、すべて焼き尽くした。その後鳥自身も、役目を終えたとばかりに燃え尽きる。

嘘みたいな光景に膝《ひざ》をつき呆然としていると、美しい男性はキッと眉を吊り上げ、こちらを睨みつけて言った。

「いつまで抱きついてんねん、アホ」

「なっ……！　そもそも抱きしめてきたのはそっちじゃないですか！」

そう抗議して、彼が幽霊を倒してくれたことを思い出し、おずおずと問いかける。

「あの幽霊、あなたが倒してくれたんですよね？」

彼は無表情のままつまらなさそうに俺を見下ろした。

そんな顔をしても整っているのが悔しい。

「そうや。せやけど根本的な原因を取り除かんと、また同じような目に……いや、もっとひどいことになるやろな」

不安を煽《あお》るような言葉に、俺は狼狽《うろた》える。

「もっとひどい目って、一体……」

そう訊ねると男は俺の顎《あご》に手をかけてグイッと顔を寄せ、鼻先が触れそうな距離で嘲笑《あざわら》う。

紫色の双眸《そうぼう》が、値踏みするように俺を見下ろしていた。

「さぁ？　お前が死んだって、俺にはなんも関係あらへんし」

俺は彼のジャケットをつかんで立ち上がり、その深い夜空のような瞳を覗き込んで、必死に問いかけた。

「あなたはあいつらの正体とか、どうすればいなくなるのかとか、知っているんですか⁉　それなら教えてくださいっ！」

男は眉間《みけん》をひそめて俺を突き放し、不機嫌そうに言った。

「キャンキャン吠えるな、鬱陶《うっとう》しいなぁ。俺は今、仕事中や。そもそも先に言うことがあるんちゃうか？　礼儀のないガキやな」

俺はむっとして言い返す。

「ガキって、多分年はそんなに変わらないでしょう。助けてもらったことについては、感謝してるけど」

それに隣に並ぶと、身長だって俺の方がちょっとだけ高いし！と思ったが、こういう思考はガキっぽいかもしれない。

彼はうんざりといった表情で、懐から名刺を取り出した。

「もしほんまに困っとるんやったら、ここに電話してこい」

それからまた人を小バカにしたように、ふっと嫌味っぽく笑う。

「まぁ依頼するにしても、お前に払えるような金額ちゃうやろけど」

そう言って男は俺を放置して、さっさと歩いていってしまった。

突然起こった出来事に、俺は立ち尽くしてしまう。それからしばらくして、じわじわと怒りがわき上がってきた。

なんか、すごく嫌なやつだった！　ずっとからかってるような表情だったし！

けれど顔だけは、現実味がないくらいに綺麗だった。

俺はもやもやした気持ちで、渡された名刺に視線を落とす。

「榊原陰陽師《さかきばらおんみょうじ》事務所　代表　榊原朧《おぼろ》？　……陰陽師って、あの陰陽師？」

俺の知っている陰陽師は、映画や漫画の中だけの存在だ。

お内裏《だいり》様のような服装で、黒くて細長い帽子を被《かぶ》っていて、手から術《じゅつ》を出して化《ば》け物《もの》と戦うようなイメージしかなかった。

現代に陰陽師が存在するなんて、どうにも胡散《うさん》くさい。

……だけどさっき目の前で、お札みたいなのが鳥に変身するのを見てしまった以上、信じざるを得ない。まるで魔法のようだった。あれが陰陽師の術なのだろうか？

俺はぶんぶんと首を横に振った。

「いや、でもあんな嫌なやつに、もう会いたくないし！　幽霊が出たって絶対連絡なんかするか！」

そう決意し、とりあえず帰宅することにした。いろんなことがありすぎて、どっと疲れてしまった。

帰宅してから、そういえばティッシュ配りのバイトを放り出してしまったと気づく。夜になってバイト先から電話がかかってきて、めちゃくちゃ怒られた。

幽霊に追いかけられたと言っても当然信じてもらえず、そのままクビになってしまった。踏んだり蹴ったりだ。


榊原と出会った、数日後。

「——もうおしまいだぁ！」

俺は部屋の布団の中で、丸まって叫んでいた。

あの男に会ってから、なぜか複数の幽霊にまとわりつかれるようになった。

幽霊たちは、どうやら俺のことを捕まえたいみたいだ。

下手をすると一歩外へ出たとたんに、幽霊に追いかけられる。職探しどころではなく、もはやおちおち買い物にも行けない。ただ不思議なことに、どうやら幽霊たちは家の中までは入ってこられないらしい。逃げ帰ってくれば何とか助かった。

幽霊に遭遇するたび、俺は家の中で膝を抱え、あれは一体何なのだろうと考える。

俺の様子がおかしいからか、鈴芽にまで心配される始末だった。

「何、お兄ちゃん、まだ幽霊が見えるとか言ってんの？」

「そうなんだよ。俺がおかしいのか、それとも世の中がおかしいのか、どっちだと思う?」

「お兄ちゃん……病院行ったら?」

鈴芽は呆れ半分、心配半分といった表情だ。

おかしいのは俺の頭なのだろうか。けれど幻覚《げんかく》にしては、やけにリアルだ。こんなんじゃ、まともに生活できない。

それに一番気になるのは、祖父のことだった。

祖父の霊を見たのは榊原に助けられた時の一回だけだが、何か伝えたいことでもあるのだろうか。それとも、やはり他の霊のように、俺を呪《のろ》い殺そうとしているのだろうか。考えれば考えるほど憂鬱《ゆううつ》になる。

「ううう、どうしよう……」

自分で解決できればいいのだが、そんなことができるならとっくにやっている。

悩み抜いた末、結局俺は榊原からもらった名刺の電話番号に連絡してみることにした。

他に解決方法が思いつかないので、仕方ない。とはいえ、また嫌味を言われたらと思うと、気が重かった。俺は憂鬱な気持ちで、名刺を睨みつける。

「……とりあえず、かけてみるか」

俺は緊張しながらスマホの画面をタップした。数回呼び出し音が鳴った後、応答がある。

「はい、榊原陰陽師事務所です」

てっきり本人が対応するのかと思ったが、電話口の人はおそらく女性だろう。けれど子供のような、老人のような、少し不思議な声だった。

「あの、榊原さんに名刺を頂いて電話しました。えっと、俺、幽霊が見えるんですけど……この事務所って、そういう相談を受け付けていますか？」

「承知しました。それでは、ご予約のお日にちはいかがいたしましょう？　お急ぎで？　それでしたら今日ご案内できますが……」

相手の女性は特に不審がることもなく取り次いでくれた。名前と連絡先を聞かれ、事務所の場所について簡単な説明を受けて、電話を切る。

俺はスマホをしげしげと眺めた。呆気《あっけ》ないほど簡単に予約が取れてしまった。陰陽師ってこういうものなんだろうか？　まだ信じられない気持ちで、とにかく事務所へと向かう。

外に出るとまた幽霊に遭遇しそうなので、こっそり周囲の様子をうかがう。

幸い、今は大丈夫みたいだ。お守りがわりに懐中時計を握り締め、また幽霊に追いかけられないように、全速力で駅に向かった。

何とか無事に、最寄り駅から事務所のある新宿駅まで乗り継ぐことができた。高層ビルが建ち並ぶオフィス街を、スマホを片手に進んでいく。

するとホテルや銀行がある並びに、場違いに立派な和風の屋敷が立っていた。

「……どう見てもここだよな」

地図アプリも、ここが目的地だと示している。

屋敷をぐるりと囲む石塀《いしべい》を目で追ったが、どこまで続いているのか分からないくらいに広大だった。

俺は門扉《もんぴ》に掲げられた高級感のある木製の表札をじっと眺めた。

『榊原《さかきばら》陰陽師事務所』

やっぱりここだ。

緊張しながらインターホンを鳴らすと、中に入るようにすすめられる。

門をくぐり、石畳《いしだたみ》の道を進むと新緑の眩《まばゆ》い日本庭園が広がっていた。庭園には小さな池まであり、鮮やかな体色の鯉《こい》が悠々と泳いでいる。

陰陽師ってそんなに儲かるのか？　どんな悪いことをしたら、都心の一等地にこんなに立派な家屋を構えられるのだろう……。通された応接室には掛け軸があり、その前にはシノワズリの大きな飾り壺《つぼ》があった。

異様にもふもふした高座椅子に腰かけて落ち着かない気持ちでいると、奥の部屋からすらりとした長身の人物が現れた。

　この間出会った男性――榊原朧だ。

榊原は見るからに仕立てのよさそうなスーツを着ていた。そもそも陰陽師というのは、スーツ姿で働くんだろうか。

　最初榊原はよそいきの笑顔を作っていたけれど、俺を見た瞬間、それをあっさり解除した。

「なんや、この前のうるさい男か」

「うるさいって……」

　やっぱりここに来たのは間違いだったかもしれない。早速後悔しそうになる。

「ま、ええわ。あの状況やと、近々来ると思ってたしな」

　そう言ってから、榊原は向かいの席に座り、真剣な表情になる。あきらかに彼の雰囲気が変わったのに気づき、ハッとした。

「どんな相手やろうと、料金さえ払ってくれれば仕事の依頼はちゃんと受けるで。俺は代表の、榊原朧や」

　真っ白な肌。聡明《そうめい》な紫色の瞳。すっと通った鼻筋。薄い唇から聞こえる、穏やかな声。悔しいけれど、こうして改めて見ても、榊原は信じられないくらいに美しい。

「えっと……俺は志波明良、です。あなたは陰陽師なんですよね？」

「そうや。陰陽師って、何をするのか知っとるか？」

「ええと……何だろ……悪霊退散《あくりょうたいさん》、みたいなやつですか？」

言ってから、我ながらアホっぽい回答だったなと思った。榊原は手慣れた様子で説明を始めた。

「そもそも日本には昔、『陰陽寮《おんみょうりょう》』っていう国家機関があったんや。暦《こよみ》や天体や占いの研究をしとったんやけど、そこで教えられとったんが陰陽道《おんみょうどう》っていう考え方や」

「陰陽道……」

「その陰陽道っていうんは、古代中国の自然哲学思想や陰陽《いんよう》五行《ごぎょう》思想、仏教なんかを取り入れて、日本独自の発展を遂げた学問や技術体系の一つや」

「ちょっと待って……こ、古代中国？　陰陽五行思想？」

聞き慣れない単語がたくさん出てきたので、混乱してしまう。

「まぁ一言で説明するんも難しいんやけど、簡単に言うと、陰陽道は主に陰陽説と五行説っていう二つの思想が元になっとる。陰陽説は森羅万象《しんらばんしょう》、宇宙のすべてのものは陰と陽の対立する二つの気であり、すべての事象はこの気が作用することによって起こるって思想や。分かりやすいもんやと、夏と冬、男と女、火と水とかな」

「あぁ、陰《いん》と陽《よう》って、明るいものと暗いものですか」

「そうや。この二つは必ず対になって存在し、どちらか片方がなくなると成り立たへん。これが陰陽説や」

「うん……、それは何となく分かった、かな」

「で、五行説は気を〝木・火・土・金・水〟の五つの元素に分類し、その働きによって万物が生じるって説やな。例えば身体やったら、眼・舌・口・鼻・耳の五つ。感情やったら怒・喜・思・悲・恐。色やったら、青・赤・黄・白・黒や。難しく考えんでも、青やったら落ち着くとか、赤やったらやる気が出るとか、そういう漠然《ばくぜん》としたイメージはあるやろ？」

「はい、黄色だったら明るいとか？」

「あぁ、基本はそんな感じや。その陰陽五行説の考えに基づいて、陰陽師は遥か昔から、さまざまなことをしてきた。例えば先読みの術を用いて将来を鑑定したり、吉日《きちじつ》や吉方《えほう》、家相《かそう》を読んだりな」

「吉日……。今も、入籍するには大安《たいあん》とか、そういうのありますよね。何か、占い師みたいだ」

榊原は静かに頷いた。

「そうや、占術《せんじゅつ》も陰陽師の仕事の一つや。昔は天文学の研究をして、暦を作成したりもした」

「へぇ……」

「そしてもう一つの役割は、結界《けっかい》や式神《しきがみ》を用いて、人々に災いをもたらすもの——つまり、鬼を退治することや」

鬼という言葉に、いつも見る幽霊を思い出して、少し背筋が伸びる。

「難しかったか？」

「難しいけど、ほんの少しだけ、分かった気がします」

榊原は真剣な顔つきで問いかけた。

「まぁ、御託《ごたく》はええわ。本題に入るか。どんなことで困っとるんや？　と言っても、大体見当はついとるけど」

「あの日以来、しょっちゅうへんなのに追いかけられるんです」

「この間の、女みたいなやつやな？」

「そうです。あれって、一体何なんですか？」

榊原は眉を寄せ、考えるような表情になる。真面目な顔も美形だ。

「一般的には、幽霊、悪霊《あくりょう》。そう呼ばれているもんやな。負の感情を抱いて死んだ人間は、やがて悪霊になる。この世への未練、嫉《そね》みや恨《うら》み。悪霊の強い思いは、周囲を巻き込み、生きている人間にも災厄《さいやく》をもたらす。幽霊が見えるんは、昔からやないんか？」

「ああいうのを見たのは、あの日が初めてで」

「なるほど。じゃあ最近、年代物を貰ったり、購入したりせんかったか？　古いもの、大切にされているものには、特に人の情念が残りやすい」

思考を巡らせたが、それらしいものは思い浮かばなかった。

「いや、特に思い当たるようなことは……」

そう言ってから、もしかしてと思い、俺はずっと身につけている父の懐中時計を差し出した。

「これ、子供の頃から持っているものだから、違うかもしれないけど……。もし物が原因だとしたら、思い当たるのはこれかなって」

「ちょっと見せてもらうで」

俺は素直に父の懐中時計を榊原に手渡した。

榊原は目を細め、感心したように溜め息を漏らす。

「これはまた、ずいぶん高級な時計やな。これを、子供の頃から？」

「そうなんですか？　父親から譲り受けたものなんだけど」

榊原はじっと俺の顔を見つめる。

「由緒《ゆいしょ》正しい家の御曹司《おんぞうし》……には、どう逆立ちしても見えんなぁ」

悪かったな。

「何か特別な記念日やったとか？」

「え？　いや、全然。うちは一般家庭だし。貰ったのは十歳の時です。特に記念日ってわけでもなかったし」

それを聞いた榊原は、神妙《しんみょう》な顔つきで話し出す。

「志波、お前アブラアム＝ルイ・ブレゲって知っとるか？」

俺は首を横に振る。

「時計進歩の歴史を二〇〇年早めたとも言われる、天才時計技師や。特に彼の発明したトゥールビヨン、ミニッツリピーター、パーペチュアルカレンダーは世界複雑三大機構と呼ばれて、現代の時計にも携わる根幹の機構なんや」

「へぇ……」

榊原は何かを見ているわけでもないのに、滔々《とうとう》と話を続ける。博識な様子を少しかっこいいと思ってしまう。

「例えばトゥールビヨンやけど、簡単に言うと、重力分散装置《じゅうりょくぶんさんそうち》なんや」

「じゅ、重力分散？」

何だか難しそうな話になってきた。

「今でこそ時計と言えば、大抵の人間は腕時計を持ち運んどるけど、トゥールビヨンが開発された一八〇〇年代は、懐中時計が主流やった」

榊原は俺の懐中時計を持ち上げる。

「この時計もそうやけど、懐中時計っていうんは、チェーンに吊して使用するスタイルが基本やろ？」

「そうですね」

「懐中時計はヒゲゼンマイで動いとるんやけど、このゼンマイを縦にすると、重力の影響を受けて、精度が乱れるんや」

「えっと……下方向につり下げると、時間がおかしくなるってことですか？」

「そうや。そこでこのヒゲゼンマイをゲージにいれて、つねにゼンマイの姿勢が変わるよう、一分間に一回転させ、重力を分散させる発明がトゥールビヨンなんや」

「へぇー」

分かったような、分からないような。とにかく複雑な仕組みをしているんだな、と思った。

「そもそもブレゲがこの機構を作ったいきさつやけど、ある日ブレゲの元に、マリー・アントワネットから『時間とお金には糸目をつけないから、最高の時計を作ってほしい』という依頼が舞い込んでな」

「マリー・アントワネットって、あの、『パンがなければお菓子を食べればいいじゃない』って言った、マリー・アントワネット？」

「そうや。まぁその言葉は、彼女本人の言葉ではないという説もあるけどな。とにかく依頼を受けたブレゲは、持ちうる技術のすべてを組み込んだ懐中時計を完成させた。時計の完成までに四十四年かかって、皮肉なことにマリー・アントワネットはその時計の完成を見届けることのないまま処刑されてもうたけどな」

話に感心した俺は、懐中時計を指差した。

「もしかしてこの時計、その世界三大機構を使ってるんですか?」

「いや、マリー・アントワネットの時計、通称ナンバー一六〇と呼ばれてるけど、完全なレプリカを作ろうとすると、現代の技術でも三年は要するらしいで」

「三年……それくらい複雑で、難しい技術なんだ」

「そうやな。志波が持ってるこの懐中時計は、日本の時計会社が独自に開発した、ブレゲとはまったく関係のない代物《しろもの》や」

何だ、関係ないんだ。俺は少しがっかりした。

「ただその時計は、マリー・アントワネットの時計への尊敬を込め、彼女をイメージしたデザインで、完成度の高さとデザインの美しさ、そして限定生産でもう二度と手に入らないということで、コレクターの間では大変な評判なんや」

彼の博学に、俺は思わず唸《うな》ってしまう。

「よくそんなことを知ってますね。時計を専門に扱ってるわけじゃないんでしょう?」

「仕事柄、アンティークと呼ばれるものに関わる機会は多いからな。勉強しておいた方が、何かと便利なんや」

そう言って、榊原は俺に懐中時計を返した。

「じゃあこの時計にも、それなりの価値があるってことですか？　父さんの時計だという認識しかなかったから、あまり考えたことがなかったな」

榊原は顔を傾け、小さく頷いた。

「そうやな。市場価格だと、確か現在でも五〇〇万円前後で取引されとるんちゃうかな」

「ごひゃくっ……!?」

俺は持っていた時計を落としそうになり、しっかりとチェーンを握りしめる。

ずっと何気なく持ち歩いていたけれど、そんなに高級品だったのか！

まったく知らなくて、思いっきり地面に落としたりしてた！　というか父さん、そんな大変なものを、どうして子供の頃の俺にくれたんだろう。

「話が少しそれたな。鑑定に戻るけど、この時計のように、美しいもの、価値のあるもの、古いものには、さまざまな思いが宿りやすい」

「……思い？」

「あぁ。もちろん悪い感情ばかりやないけどな。好意もいきすぎると、悪影響を及ぼす。深い憎悪や欲望。強すぎる思いは、やがて悪霊や鬼に変わる」

俺を見ていた祖父の表情を思い出し、苦虫《にがむし》をかみつぶしたような気分になる。鬼のような顔、とも言えなくはない。

「この時計からは、なんや強い思念《しねん》を感じるわ。今は時計を離れとるみたいで、時計を見ただけではどういう感情かまでかは分からんけど」

強い思念。

やはり、祖父は俺を憎んでいたのだろうか。だから自分が死んでなお、こうして俺の前に現れ、危害を加えようとしているのだろうか。

正直、ショックだった。祖父との関係は、良好とは言い難かった。大声でケンカをしたこともある。祖父から好かれていないのは分かっていたが、まさか祟《たた》られるまで憎まれていたとは。

「それに、お前からも――」

「俺からも?」

突然彼のひやりと冷たい手が、俺の頬にふわりと触れた。

榊原がぐいっと顔を寄せて、俺の瞳を覗き込む。

前から思ってたけど、この人たまに距離感がおかしくないか? それが不愉快じゃないのが、また複雑だった。

「鬼……」

澄みきった紫色の瞳に見つめられると、心臓をぎゅっとつかまれたような気持ちになる。

「お前から、やつらを引き寄せる力を感じる」

彼の手が俺の肌に触れるたび、胸がバクバクと鼓動する。

「え、俺が……？　まさか」

「気づいてなかったんか？　もともと、潜在《せんざい》的な波長《はちょう》はお前の中に眠ってたんかもしれへん。その時計は、きっかけの一つにすぎん」

榊原は俺から手を離し、再び時計を眺める。

「とにかく、時計についた霊が相当強い思いを持って、影響を及ぼしとるんは間違いないわ。このまま放置すると……、アカンことになるで」

「ほっておいたら、どうなるんですか？」

榊原はきっぱりと言い切った。

「最悪、死ぬ」

「死ぬ!?　あ、あれ、冗談じゃなかったんだ！」

俺は榊原に助けてもらった時、もっとひどいことになると言われたことを思い出した。

「あぁ。おそらくこの時計が呼び水となって、次から次へと周囲の悪霊を引き寄せとるみたいやからな。放置すればおそらく数日で、志波の魂《たましい》は悪しきものに囚われるやろ。ご愁傷《しゅうしょう》さまやな」

「嫌だっ！」

俺は思わずその場に立ち上がって叫ぶ。

まさかそこまで重症だとは思っていなかった。死ぬと言う言葉を聞いて、一気に危機感が増す。

死にたくない！　まだ二十代なのに！　鈴芽だっているのに、今死ぬわけにはいかない！

動揺のあまり、よろよろと後ずさりした、瞬間。

足元にあった大きな何かを、ゴロンと思いきり蹴っ飛ばした。

「あ」

丸くて大きな何か。それは、立派な飾り壺だった。

壺は漫画のようにコロコロと畳の上を転がっていって、縁側《えんがわ》から踏み石に向かって落ち、ガシャンと音を立てて、真ん中から綺麗に真っ二つに割れた。

「どうしてこんな割れやすい場所に壺が……」

目が点になった。

あの壺、最初からこんなに俺の近くにあったか？

そもそも立ち上がったらすぐに割れる位置にあるなんて、何か作為《さくい》的なものを感じる。

とはいえ高そうな壺を割ってしまったことは、紛れもない事実だ。榊原に謝罪しなければいけない。

きっとめちゃくちゃ怒られるんだろうな。

そう考えて、彼の方に振り返り。

想像以上に大変なことをしてしまったんだと気づく。

――榊原は、薄く微笑んでいた。

やばい、どう見ても怒ってる。これ、多分本気で怒ってる顔だ。

おそらく榊原は、本当に怒っている時は逆に表情を隠すために笑う性質なのだろう。

「うわー、ごめんなさいごめんなさいごめんなさい！　頼むから笑わないで！　その顔めっちゃ怖いから！」

榊原はその壺に歩み寄り、大きな溜め息を吐く。

「アカン、完全に割れてもうてるわ。シバコロ、どう責任とんねん」

「シバコロって……え、もしかして、俺のこと？」

「当たり前やろ。お前以外にここに誰がおるっちゅうねん！」

俺はおずおずと問いかけた。

「その、壺を割ったことについては申し訳ないと思ってます。……もしかしてその壺、高価なものなんですか？」

榊原は壁にダンッと手を突いて、俺の逃げ場をなくし、あくまで静かに責める。人生初の壁ドンがこんなのなんて、嫌だなぁ。

「この壺はな、美術館にあってもおかしくない代物《しろもの》や。高価どころの騒ぎちゃうんやわ。さて、どう落とし前つけてもらおうかなぁ」

固まっていると、部屋の向こうから誰かがケラケラと笑いながら近づいてきた。

しかしえらく小さな人だ。俺たちの膝《ひざ》くらいの背丈しかない。子供にしたって、いくらなんでも小さい。

「ありゃりゃ、先生、もしかして本性出してしまったんですかー？　珍しいですなー。いつもお客さんの前では丁寧なのに」

楽しげな声でそう喋ったのは、なんとキツネだった。

しかも二足歩行で、服まで着ている。藍《あい》色の着物姿だ。

キツネは、とてもかわいらしかった。もふもふの尻尾《しっぽ》を携え、ちょこちょことこちらに歩み寄ってきた。

「キキキ、キツネが喋ってる！」

俺が驚愕《きょうがく》しながらそう言うと、榊原はくだらないというように吐き捨てる。

「そいつは俺の式神や。式神っていうんは、陰陽師が使役《しえき》する鬼神《おにがみ》や」

「えっ、鬼？　神？　キツネじゃなくて？」

「そこら辺説明すると長くなるから、とりあえずお手伝いさんやと思っとけばええわ。せやから喋るくらいする」

飼い主（？）と違い、キツネはとても礼儀正しくお辞儀をする。

「初めまして、榊原先生の式神のもなかですー。よろしく頼んます」

「あっ、電話の人」

もなかの独特の声を聞き、ここに電話した時のことを思い出す。

「あっ、そうどすそうどす。うちが電話番なんよ、分かってくれて嬉しいわー」

もなかは俺に向かってそっと手を差し出した。握手、かな。

俺はドキドキしながら、もなかの手をそっと握り返す。黄金色の毛は、ふわふわしていてやわらかい。それに肉球《にくきゅう》がぷにぷにだ。本当にキツネなんだ。

俺がもなかとの握手を楽しんでいると、後ろから怖い人が顔を覗き込んでくる。

「そんなにキツネが好きなら、動物園で暮らしたらどうや？　シバコロ、とにかく壺をどうすんや？　この壺なぁ、年代物やから五〇〇〇万円くらいすんねん」

五〇〇〇万円という金額に、頭が真っ白になる。

「うっ嘘だ、そうやって俺を騙そうとしてるんだ！　大体そんな大切な壺なら、裸のまま置いておかないでケースに入れるとかしまっとけばいいのに！」

「お前なんか騙してどうすんねん。あと責任転嫁《てんか》すんなや。耳揃えてちゃんと返せや」

「いや、もちろん返すつもりだけど……五〇〇〇万円って、本当に？　少し負けてもらえたりしない？」

　金額が大きすぎて、現実感がちっとも湧かない。

　榊原は紫色の瞳をキラキラ輝かせ、にこやかに微笑む。

　やっぱり笑うと榊原はとびきり綺麗で、ぐっと言葉に詰まった。しかし今の榊原の背後には、性悪オーラが漂っていた。

「お前、俺の大切な壺割ったよなぁ？」

「それは」

「割ったよな？」

「割りました」

　有無を言わせぬ口調だ。

「割ったけど、待ってください、無理です！　もちろん、踏み倒すつもりはないです。けど、さすがにすぐには払えない。そうでなくても、会社をクビになったばかりなんだ！」

　てっきり怒るかと思ったが、それを聞くと、榊原は嬉しそうに俺の肩を叩く。

「なんや、シバコロ君そんな大変なことになってたんか。ほんだら早よ言うてくれたらええのに、水くさいなぁ、俺とシバコロ君の仲やないか」

仲って、この前会ったばっかりじゃん……。

「お前にええ仕事、紹介したろか?」

「本当!?」

「ほんまほんま。金返すあてがないと大変やろ?」

「それはそのとおりなんだけど……」

「俺のところで働いたらええやん」

脳が思考する前に、即答していた。

「断る」

賢明な判断だと思う。自分で自分を褒めてあげたい。

その言葉を聞いた榊原から、笑みが消える。

「何でやねん。お前わりと霊感鋭いみたいやし、まぁ取り憑《つ》かれるだけで除霊とかはできんみたいやけど、ええやん。打たれ強そうやし。俺のところで働けるなんて、光栄やろ」

「嫌だ、そんな適当な理由で雇われるのは嫌だ!」

「へぇ。ならいい不動産屋紹介したろか?」

「いや、家は売らないけど!? そもそもあそこを売ってしまうと住む場所がなくなるっ！」

「ダンボールって、重ねたら意外と丈夫やで？」

「人間としての尊厳をくれっ！ 妹もいるんだ！」

「なら、腎臓《じんぞう》って二つあるって知っとるか？ 人体って、一個で十分やけど念のために二個ある器官がいっぱいあるんやで」

「腎臓も売らないっ！ どの内臓も全部俺のものだ！」

そう叫ぶと、榊原は面倒くさそうに溜め息を吐《つ》いた。

「分かった、しゃーないなぁ。じゃあとりあえず、その時計から売ろか」

一瞬何を言っているのか理解できなかったが、父の懐中時計のことだと分かり、ぶんぶんと頭を振って断る。

「あんたには人間の血が流れてないのか!? これは俺の父が、俺のために遺してくれた、思い出の時計なんだ！」

「言うても、ただの時計やん。思い出はシバコロ君の胸の中にぎょうさん詰まってるやろ。さ、換金しよか」

「鬼！ 悪魔！ 人でなし！」

「じゃあ、どうするんや？」

榊原の眉間《みけん》に皺《しわ》が寄る。美男が怒ると、それだけで迫力がある。

「時計売らへんのやったら代わりに家売るか、内臓売るか、俺の下僕《げぼく》になるか、三択しかないわなぁ」

そんな最低な三択、聞いたことがない。一生聞かないまま人生を終えたかった。

「それか、妹がおるんやったら、妹ちゃんに五〇〇〇万円、出してもらおうかな？」

妹という単語を聞いた瞬間、血の気が引く。

「妹にまで集《たか》る気なのか!?」

「当たり前やん、家族は連帯責任負うもんやろ。大きな買い物する時って、連帯保証人になるやん。俺は仕事した分の料金と落とし前だけは、どんな手使ってでも、絶対に回収するから、覚えときや」

榊原の目は、本気だった。

どう考えても、まっとうな人間の言いぐさではない。

「待っ、待ってくれ！」

俺は榊原の腕をぐっとつかむ。

榊原は宝石のような瞳で、じいっと俺を見た。

それだけで、もうどんな抵抗をしてもこの男には一生勝てない気がする。

俺は歯を食いしばり、観念して絞り出すように言った。

「……分かった、ここで……働く」

榊原は勝ち誇ったように目を細める。

「偉そうやなぁ？」

「働きたい。働かせてください、榊原……さん、あなたのところで」

その言葉を聞いた榊原は、天使のように微笑んだ。

「男に二言はないわな？　せいぜい俺のために、一生懸命働いてもらうで」

そう楽しげに笑う榊原を見て、頭がクラクラした。

榊原は俺の肩をポンポンと叩く。

「大丈夫や、大船に乗ったつもりで任しとき。きちんと給料は払うから。まぁそれと同じスピードで利息がついて、借金が増えていくんやけどな」

さらっとやばい台詞《せりふ》を付け加える。これ、もしかして一生解放されないやつでは？

どんな鬼よりも、悪魔よりも、借金取りよりもこの陰陽師の方がよっぽど性悪なんじゃないか。

どうやら、大変な男に捕まってしまったようだ。

俺という奴隷《どれい》を手に入れた榊原は、妙に上機嫌になった。

「とりあえず、一緒に働くことになったわけやし、さくっと除霊《じょれい》してやるわ」

これからの自分の人生がどうなってしまうのか不安しかないが、とりあえずお祓《はら》いはしてもらおう。

俺たちは応接室から別屋に移ることにした。

長い廊下を歩き、階段で地下室に下りる。いくつも並んだ同じような部屋の一室の襖《ふすま》を開き、中に入る。どうやらここが除霊のための部屋らしい。

榊原は、いったん一人で部屋を出ていった。

榊原が再び現れた時、さっきまでとは異なり、白い着物姿だった。

俺は感心して溜め息を吐く。

「似合うな、その昔みたいな、映画とかの陰陽師がよく着てる服」

「狩衣《かりぎぬ》いうんや、覚えとけ。これもまぁ、結界の一種や」

下にはいている袴《はかま》は、指貫《さしぬき》というらしい。

銀髪なので日本人らしさはあまりないが、それでも榊原の人間離れした美しさを引き立てるように、彼によく似合っていた。

どうやら陰陽師として仕事をする時は、それ相応の準備が必要らしい。

この部屋の中にも、静謐《せいひつ》な空気が漂っている感じがする。

榊原は綺麗に微笑みながら言った。

「じゃあシバコロ、とりあえず風呂に入ってこい」

「ふ、風呂!? 何で!?」

「結界を張る時は、清浄《しょうじょう》にせなアカンのや。シバコロ自身が身を清めるのも、一種の結界や」

「そ、そうなんだ」

それから俺は、風呂に案内され身体を熱心に洗った。風呂自体もまるで高級な旅館にあるような檜風呂《ひのきぶろ》で、とてもよい香りがした。こんな時でなければ、ゆっくり満喫できただろうに。何だか妙なことになってきた。

風呂から出ると、先ほどの部屋に戻る。

榊原は俺をじっと見つめると、ふむ、と腕を組んだ。

「じゃあ志波、服脱げ」

「えええええ!? さっき着たばっかりなのに!」

動揺しすぎて訳の分からないことを口走ってしまう。

「さっさとせぇや。脱がんのなら、俺が脱がすで」

そう言った時には、榊原は俺のシャツに手をかけていた。

俺は足をバタバタさせて抵抗する。

「やめて! ちょっ、あの、自分でやるっ!」

「分かった分かった。じゃあ、服を脱いだらそこに正座しぃや」

というわけで、俺はなぜか初対面の男の前で、パンツ一丁で正座している。

「しばらくそのままでおるんやで」

俺は榊原の命令を聞き、石のように固まる。

榊原は筆を取り出すと、墨《すみ》をつけて、俺の身体に直接文字を書き始めた。

「……っ、さ、榊原」

「何や？」

「その……これは、ちょっと、かなり、くすぐったいんだけど……！」

俺は思わずへんな声が出そうになるのを堪《こら》えようと、手のひらで自分の口を塞《ふさ》いだ。

榊原の持った筆が、俺の身体の至る場所を這《は》い回る。榊原は、熱心な顔で俺の全身に漢字や記号のようなものを書き殴っている。まるで『耳なし芳一《ほういち》』の気分だ。

「これ、何？」

「これは魔除《まよ》けの術や」

さらした素肌に触れられるのが恥ずかしくて、目をぎゅうっと閉じる。

くすぐったいだけならまだいいのだが、筆で書かれた文字は熱を持ち、じわじわと身体が火照《ほて》っていく。

まるで身体を別のものに作り替えられているみたいだ。

今までに味わったことのない感覚に、俺はぐったりと頭を垂れ、荒く息を吐きながら懇願《こんがん》した。

「……もうやだ、それ何か、へんな感じがする……まだ終わらないの？」

俺の声を聞いて、榊原は可笑《おか》しそうに笑った。

「もうちょっと我慢しとき。天井の染みでも数えとる間に終わるわ」

その言い方もどうかと思うけど。

全身御符《ごふ》だらけにされ、非常に気持ちの悪い感じになった俺を見て、榊原はよしよしと満足そうに微笑んだ。

「もう服着てもえぇで」

「うん」

「時計は手に持っとけ」

「分かった」

もはや為《な》すがままだ。

俺は身支度を調《ととの》え、懐中時計をぎゅっと握りしめる。

それから榊原は部屋の照明を落とし、円を描くように蝋燭《ろうそく》を置いて、そこに火を灯した。俺たちはその中に向かい合って座る。

暗い部屋の中で炎が揺らめいているのを見つめていると、突然、榊原から強く抱きしめられた。

「ちょっと、なっ、ななっ……何して」

「黙っとけ。今から、時計に憑いてる霊を呼び出す」

心臓がドクドクと鼓動《こどう》を打つ。

それに重なるように榊原の心音が伝わってきて、あぁ、彼もやっぱり生きているんだ、と妙な安堵《あんど》が込み上げてきた。あまりにも人間離れした美しさだから、もしかしたら人形か何かじゃないかとも一瞬考えたけど。榊原もやっぱり俺と同じ、人間なんだ。

俺はじっと押し黙っていた。

榊原は、呪文のようなものを唱え出す。すると、気のせいか時計を包む空気が、少しずつ禍々《まがまが》しいものになってきた気がする。そのうち蝋燭の外に、黒い靄《もや》が浮かび始めた。やがて靄は、人の形をとる。榊原が呪文を唱える度に、黒い靄は苦悶《くもん》の悲鳴を上げながら、薄くなって消えていく。手が震えそうになったが、ぎゅっと時計を握りしめた。

榊原はしばらく呪文を唱え、少し休憩すると、また唱える。何度も何度も、ひたすらそれを繰り返す。途中、疲れた様子で目を細めた榊原が、妙に妖艶《ようえん》に見えてドキリとした。俺のために真剣にやってくれているのに、こんなことを考えるなんてよくないか。

正確な時間は分からないが、この部屋に入ってから一時間は経っただろうか。

しかもその間、ずっと抱きしめられたままだ。

「これ、いつまでやるんだ？」

遠慮しながら問いかけると、すぐ近くで榊原の声が聞こえた。

「一晩中や」

耳元で囁かれ、榊原の白くて細い指が、艶《なま》めかしく俺の背中をつ、となぞっていく。

正体の知れない震えが、ぞくりと腹のあたりを走っていった。

俺の顔を見て、榊原がケタケタと笑う。

「なっ……！」

「何赤くなってんねん、スケベ」

「べっ別に、赤くなってない！　暑いだけだから！」

悔しいことに、榊原と一緒にいると、ドキドキしてしまう。周囲に蝋燭があるし、暑いのも本当だ。

しかし仕事とはいえ、知らない人間をずっと抱きしめて術を使い続けるなんて、骨が折れる作業だろう。

「陰陽師って、いつもこんな風にお祓いをするの？」

「まぁ俺は独自の術を使ってるから、正式な陰陽師とは微妙に違うんやけどな」

術が一段落したのか、榊原はぽつぽつと世間話を始めた。

「陰陽師っていうたらやっぱり安倍晴明《あべのせいめい》が有名やけど、『宇治拾遺物語《うじしゅういものがたり》』にも今の状況と似たような話があるんや」

「宇治拾遺物語？」

「そや。昔、若い貴族の男に烏の糞《ふん》がかかったんや」

「災難だな」

まるで不幸続きの俺みたいだ。

「せやけど安倍清明は一流の陰陽師やから、それだけで異変を感じ取って、その烏が陰陽師の強い呪いだと気づいたんや」

「へぇ……」

「清明は若者に、このままではそのうち呪い殺されると言い、気の毒に思って、その貴族を抱きしめて、一晩中身固《みがた》めの術をかけたんや。清明のおかげで貴族の男は救われて、無事解決や」

そう話し終えると、榊原は時折何かの気配を見ながら、また呪文を唱え続ける。

平安時代の人がどんな暮らしを送っていたかはよく分からないけれど、安倍晴明が懸命にその貴族を守ろうとした気持ちと、榊原が俺のためにこうやって頑張ってくれている気持ちは同じものだろう。それはどれだけ時が経とうとも、きっと変わらないものだ。

話を聞いてから、さらに一、二時間経っただろうか。さすがに眠くなってきて、俺はうとうとしてきた。

榊原の穏やかで低い声は、耳に心地よかった。全身に伝わってくる、人肌のぬくもりも妙に落ち着く。お経《きょう》みたいな呪文を聞き続けていると、もはや子守歌にしか聞こえなくなってきた。

榊原の肩にもたれながら、俺はうつらうつらと眠りに落ちそうになった。最近、幽霊のことが気がかりで、よく眠れなかったし。

意識を失いそうになり、榊原の肩に頭を乗っけたのと同時に。

ふーっ、と耳に息を吹きかけられた。

「うひゃ!?」

その行動に驚いて、一気に眠気が吹き飛んだ。俺は自分の耳を押さえて、思わず後ずさる。

「なっ、何するんだよ!」

「お前、何一人で気持ちよお寝ようとしてんねん」

「いや、だって……寝たらダメなのか?」

俺は少し反省した。俺が眠ってしまうことで術の妨げになるのなら、申し訳ないと思ったのだ。

「別にダメやないけど、俺がせっかく一生懸命お前のために術かけてやっとんのに、横でぐーすか寝られたら何か腹立つやん」

「そんな理由かよ……」

本当にこの男は、見た目の美しさと裏腹に、意地が悪い。

榊原は楽しげに微笑んだ。

「別にええけどなー、寝ても。その代わり、眠ってる間にもっとすごいことされても知らんで」

「もっとすごいことって何だよ⁉」

「何期待してんねん」

「してないっ！」

榊原が訳の分からないことを言うから、すっかり目が冴えてしまった。

それからも何十分か呪文を続け、ずっと何かを探っていた榊原が、糸口を見つけたようにポツリと呟く。

「繋がったな」

「繋がった？」

そう言われた瞬間、俺と榊原の身体が光に包まれ、どこかに吸い込まれるような感覚に陥る。

ぎゅっと抱きしめられ、榊原の腕の力の強さを感じた。

珍しく余裕のない声で、榊原が忠告する。

「志波、俺から絶対に離れんな。離れたら、元の場所に戻ることができなくなるで」

「元の場所に戻るって……」

シールみたいに、俺の身体に描かれた文字がペリペリと剥《は》がれて、光の中に吸い込まれていく。

「あっ、あの榊原、これ！　文字が！」

「大丈夫やから、離れんな！」

俺は深く頷いて、彼の背中にぎゅっとしがみついた。

◇◇◇

「……あれ？」

さっきまでは榊原の事務所の和室にいたはずなのに、気がつくと、俺と榊原は外に立っていた。

しかもここは、俺の家の前にある通り道だ。

でも、少し様子がおかしい。俺の家だけれど、俺の家じゃない、という妙な違和感がある。ハッキリ何が違うと言い切れるわけでもないが、まるで間違い探しのように、確かに違うところがあるのだ。

「あれ？　何で？　どうして俺たち、家の前にいるんだ？」

榊原は落ち着いた様子で答える。

「ここは、この時計の持ち主の記憶や。どうやら俺らに、何かを見せたいようやな」

俺はきょとんとした。

時計の持ち主？　ということは、父の記憶だろうか。

俺は自分の家をまじまじと眺めた。

よく見ると、建物が今より新しく、綺麗だということに気づく。

俺がここに来た瞬間違和感を抱いたのは、この家と町並みが過去のものだったからだろう。

しばらく考えていると、五十代くらいの男性が家から出てきた。

「え……これって、もしかして若い頃の爺ちゃん？」

怒ったような顔つきが、祖父によく似ていた。いや……、これは、祖父だ。

俺にはすっかり年老いた祖父の記憶しかなかったが、若い祖父は亡くなった俺の父に瓜《うり》二つで、少しぎょっとした。

「そうやな。若い頃の志波の爺さんやろな。俺らの姿は幻のようなもんで、向こうには見えてへん」

「でも、時計の持ち主の記憶なんだよな？　どうして爺ちゃんが……」

様子を見ていると、家の中から赤ちゃんの泣き声が聞こえてきた。

俺は祖父の後を追って、家の中に入った。

若い夫婦が、生まれたての赤ん坊を抱っこしていた。

――父と母だ。

ずっと前に死んだ父と母の姿を見て、胸がじわりと熱くなる。彼らは幸せそうに、泣いている赤ん坊をあやしていた。

「あの赤ちゃんは、志波やな」

「何か、昔の自分を見られるのってちょっと恥ずかしいな」

二人の様子を見ているだけで、自分が両親にかわいがられていたことがよく分かる。

『お義父さんも、抱っこしてあげてください』

母にそう言われ、祖父は少しぎこちない手つきで俺を抱き上げた。

『……ふむ』

祖父はいつもの怒ったような顔つきで、赤ん坊の顔をじっと見る。やっぱり子供は嫌いなんだろうか。

そう思ったが、祖父は一瞬だけ目を細め、驚くほど優しい表情で微笑んだ。

『明良、よく生まれてきてくれたな』

あんなに優しく笑う祖父なんて、一度も見たことがない。

目の前の光景が信じられなかった。

祖父は俺のことを憎んでいるはずだ。俺だって、祖父のことなんて大嫌いだ。

ずっとそう思っていた。けれど、本当に昔からそうだっただろうか？

抱いている相手が変わったのに気づいたのか、赤ん坊はまた大声で泣き出した。

祖父は慌てて俺を母の手に戻す。


それから時間が少し飛び、周囲は夜になった。

気がつくと、祖父と父が縁側《えんがわ》に並んで座っている。

『この時計を、お前にやろう』

祖父はそう言って、懐中時計を父に渡した。今も俺が大切にしている、あの懐中時計だった。

『父さん、これは？』

父は不思議そうに、祖父から時計を受け取る。

『明良の誕生祝いだ。この時計が、お前たち家族の時を刻む、大切なものになってほしいという願いを込めてな、骨董《こっとう》品店で探してきたんだ。これなら、守護《しゅご》の術をかける触媒《しょくばい》にちょうどいいと思ってな。明良が大きくなるまでは、お前が持っていてくれ』

祖父は早口でまくし立てる。

それを聞いた父は、可笑しそうに笑った。

『何だか回りくどいなぁ』

『何だと⁉』

『いや、ありがとう。大切にするよ』

父は嬉しそうにその時計を眺める。

祖父は父に向かって、話を続けた。

『特に志波家の男は、へんなのに憑かれやすいからな。災いから身を守れるように、お前にこの時計を託す』

『あぁ、父さんは少しだけ、退魔《たいま》の力があるんだよね』

『うむ、もう何百年も前のことだが、先祖が鬼を祓う仕事をしていたらしいな。そのせいか、志波の家系には時々私のように、霊感の強い人間が生まれてくる』

父は苦笑しながら言った。

『俺は幽霊が見えるだけで、祓ったりするのはからっきしだからな。子供の頃はへんなのに追いかけられて、よく泣いていたよね。明良はそうならないといいけど』

『私が近くにいる間は、なるべく明良に害が及ばないように守る。だが、いつまでも近くにいられるわけじゃないからな』

　それを聞いた榊原が、ポツリと呟いた。

「どうやら志波が霊を引き寄せやすいのは、家系なんやな」

　俺は幸せそうな祖父と父の姿を見つめながら言った。

「……俺、全然知らなかった。この時計、ずっと父さんのものだと思っていたから。もともと、爺ちゃんが俺の誕生祝いに買ってくれたんだな。この時計に込められた思いも、爺ちゃんの気持ちも、父さんの小さい頃のことも……、何も知らなかった」

　すると今まで怒ってばかりいた榊原は、目を細めて優しい声で言った。

「爺さんも、口下手な人やったんやろ。不器用で、自分の気持ちを言葉で伝えるのが、苦手だったのかもしれん。でもこうやって見ていると、言葉がなくても爺さんの思いは伝わるな？」

　俺は胸がぎゅっと苦しくなるのを感じた。

　そのとおりだった。今ならどんなに怒った顔をしていても、祖父が俺のことを大切にしてくれているのが、痛いくらいに分かる。

それからしばらくは、幸せな時間が続いた。

五歳になった俺は、祖父の手を引いて空き地に向かって走っていく。

『爺ちゃん、早く早く！　一緒に野球しようよ、野球！』

『待て待て、爺ちゃんはそんなに速く走れん』

あぁ、こんな時もあったのか。

すっかり忘れていたが、小さい頃の俺は、祖父と出かけるのが大好きだった。

祖父は相変わらず怒ったような顔をしているが、俺がどんなワガママを言っても、いつだってどこにだって付き合ってくれた。

そして俺が十歳になり、鈴芽が生まれる。

祖父は俺が生まれた時と同じように、鈴芽のことも目に入れても痛くないほどにかわいがった。


場面が切り替わり、俺は父の部屋にいた。

『いいなぁ、お父さんの時計、格好いいなぁ』

俺は昔から懐中時計が大好きで、何度も羨ましいと口にしていた。時計そのものもかっこよかったけれど、胸ポケットから時折あの時計を取り出し、時間を確認する父の姿が俺にとって憧れだったのだと、今になって気がついた。

建築士だった父は、現場に出向くこともあったが、自宅の仕事部屋で机に向かい、ビルや住宅の設計図を描いていることも多かった。

仕事をしていた父はふと手を止めて俺を振り返り、にやりと微笑む。

『明良、これ、欲しいか？』

『えっ、くれるの!?』

思いがけない言葉に、子供の俺は瞳を輝かせる。

『いいぞ。じいちゃんから貰って、ずっとお父さんが持っていたけど、お兄ちゃんになった記念に明良にあげよう』

『本当!?　本当にいいの!?　嘘じゃない!?』

『あぁ。明良ももう十歳だからな。その代わり鈴芽のこと、守ってやってくれるか？』

『うん、俺、鈴芽のこと守るよ！　かわいがる！　いっぱい面倒見る！』

そう答えると、父は嬉しそうに微笑んだ。

『よし、それならこの時計は今日から明良のだ。いいか、なくさないように、なるべく肌身離さず持って、大切にするんだぞ？』

そう言った父の表情は、何かを決心したように、ひどく真剣だった。つられて小さな俺も、真面目な顔つきになる。

『分かった！　一生大切にする！』

そして時計は、父から俺へと渡る。

やがてまた、唐突に場面が移った。

十歳の俺は、公園に遊びに行こうと玄関から飛び出した。

その瞬間、家の目の前に立っていた男にぶつかった。その衝撃でポケットに入れていた懐中時計が、地面に落ちる。

その男の顔を見た瞬間、俺はかっと頭に血が昇り、腸《はらわた》が煮えくり返りそうになった。

「こいつ……！」

俺がぶつかったのは、背の低い老人だった。彼の目や口の周りには細かな皺《しわ》が集まり、それが無性におそろしく見えた。男は八十代くらいに見えたが、実際はそれより二十歳近く若かったはずだ。

老人は俺を見ると、人の好さそうな顔でニコニコ笑い、俺が落とした時計を拾った。

『坊や、大丈夫かい？』

その声音《こわね》のやわらかさに、少しほっとした。だが、彼の目には隠しきれない鋭さが残っており、胸が無性にざわついた。

俺は彼が何をしていたのか不思議に思い、訊ねる。

『お爺さん、誰？　うちに何か用？』

『私はね、君のお爺ちゃんのお友達だよ』

祖父の友人だと聞き、俺は警戒を緩める。

『そうなんだ。爺ちゃん、今は蚤《のみ》の市《いち》に行ってるけど……たまに掘り出しものがあるんだって』

祖父はこの時、半分趣味を兼ねて骨董商のような仕事をしていた。価値のある骨董品を買い集め、必要とする人がいれば譲ったり、鑑定したりしていたようだ。

『君の家には、他にもたくさんこういうのがあるのかな？』

子供の俺は疑うことなく返事をした。

『うん、爺ちゃん、古くて綺麗なものが好きだから。昔の王様の壺とか皿とか絵とか、いっぱい集めてる……けど……』

男は何度も嬉しそうに頷く。

『そうか、ありがとう。私も今度、見せてもらいたいな。また来るから』

『爺ちゃん、多分もうすぐ帰ってくるよ。家の中で待つ？』

『いや、今日はいいや。それに私が来たことは内緒にしてほしいんだ。久しぶりに会うから、お爺さんをびっくりさせたいんだよ』
『分かった！　じゃあ俺、誰にも言わないよ』
俺の返事を聞くと、老人は笑顔で手を振りながら去っていく。

俺の身体は、一瞬で負の感情でいっぱいになった。

記憶を順番に辿るなら、当然この日が来ることも分かっていた。

これまでの記憶は、両親と祖父、鈴芽と俺の揃った、ずっと幸せなものだった。

でも、避けようがない。

──あの事件が起こる。

俺は青ざめながら、榊原に問いかける。

「……榊原」

「何や」

「これ、もうどうすることもできないのか!?　今からこの過去を変えるようなことは、できないのか!?」

榊原は、まっすぐに俺の目を見て言った。

「あぁ、残念ながら。俺たちは、時計の見てきた記憶を辿っているだけや。過去に介入することは、不可能や」

俺はぎゅっと拳《こぶし》を握りしめる。

「ちくしょう……！」

――この数日後、父と母は、あの男に殺される。

俺はそれを分かっているのに、何もできない。

父と母が殺されたのは、俺のせいだ。この時のことを、ずっと後悔し続けていた。

俺があの男に、祖父が骨董品を集めていることを教えてしまったから、事件が起こったのだ。

それなのに、どうして俺は何もできないんだ！

今、あいつは目の前にいるのに。

怒りと恐怖でカタカタと震える手を、冷たくて細い指がそっと包んだ。

俺はハッとして榊原の方を見る。

「見たくないものは見んでええ、自分自身を傷つけることはない」

彼の声を聞いて、俺は目蓋《まぶた》を閉じた。

けれどどんなに目を伏せても、視線をそらしても、頭の中にこびりついているあの光景を一生忘れることはできない。

事件が起こった日、祖父は町内会の旅行に行っていた。家にいるのは両親と、俺と鈴芽の四人だった。

その日も、いつもと同じような一日で終わるはずだった。

夕飯を食べ、風呂に入った後寝室の布団に並んで、家族四人で眠っていた。

深夜、最初にその異変に気づいたのは父だった。

父は布団からむくりと身体を起こし、警戒するように耳を澄ませた。

隣で眠っていた母は、不思議そうに父に声をかける。

『あなた、どうしたの？』

父は険しい表情で声をひそめて呟いた。

『……いや、家のどこかで物音が聞こえたんだ』

母は枕元の時計を確認する。

『物音？　お義父さんが帰ってきたのかしら？　でも、夜中の三時だし……』

『様子を見てくる。何かあったら、すぐに逃げられるようにしておいてくれ』

『でも、危ないわ。私も……』

両親の緊迫した雰囲気に、それまで眠っていた俺も目を覚まし、母に問いかける。

『お母さんどうしたの？　まだ朝じゃないよ……』

『ええ、そうね』

母は俺のことを抱きしめ、俺の横で眠っていた鈴芽を抱き上げる。赤ちゃんの鈴芽は、すやすやと幸せそうに眠っていた。

やがて少し離れた部屋から、父が何かを叫ぶ声が聞こえた。

俺たちはびくりと肩をすくませる。

何を言っているのかは分からないが、あんなに怒った父の声を聞いたのは初めてだった。

ガラスの食器が割れ、物が倒れるような音も聞こえる。様子がおかしい。誰かと争っているようだ。

母は動揺し、父を助けに行こうと起き上がる。

不安になった俺は、母の手をつかんだ。

『お母さん、どうしてお父さんあんなに怒ってるの？』

母は一瞬迷った表情になり、それから小さな鈴芽を俺に預ける。

『明良、念のために窓から外に出て、鈴芽と一緒に物置に隠れていなさい』

『え、でも、暗いし、靴もないし……』

母は少しぎこちない笑顔で俺の頭を撫でる。

『大丈夫よ。かくれんぼみたいなものだから。お母さんが呼ぶまで、絶対に出てこないで、二人で隠れていてほしいの。怖くないからね。分かった？』

『だけど……うん……分かった……』

俺は眠っている鈴芽を抱き抱え、裸足《はだし》で窓から庭に出て、言われたとおりに物置の中に隠れた。

灯りのない物置の中は暗く、湿っぽい匂いがした。周囲には祖父の集めている骨董品が並んでいる。家で何が起こっているのか、物置の中からはまるで分からない。

俺は不安でいっぱいになりながら、温かくてやわらかい鈴芽をぎゅっと抱きしめる。床に腰を下ろし、じっと息をひそめていた。

どのくらいの時間が経っただろう。数分のようにも、数時間のようにも感じた。

やがて家から母の鋭い悲鳴が聞こえ、俺はハッとして立ち上がる。

やはり何かが起こっているのだ。俺も、父と母を助けに行かないと！

そう思って、外に出ようとした時だった。

物置の外で、ジャリッと砂が擦《す》れる音がした。

誰かがこちらに歩いてきたのだ。

よかった、母さんだ。

そう思って入り口を開こうとした俺は、違和感に気づく。

——いや、母さんや父さんなら、真っ先に俺と鈴芽の名前を呼ぶのではないか？

どうしてこちらに近づいてくる人間は、何も言わず、まるで息をひそめるように、静かにゆっくりと歩いているのだろう。

外にいる人間は、獣《けもの》のように荒々しい息を吐いていた。まるで暴れた後のようだ。

物置の扉の隙間から、ほんの数センチだけ外の様子が見えた。

まだ日は昇っておらず、空は暗く、月明かりしかない。

月に照らされたその人物が見えた瞬間、俺は呼吸が止まりそうになる。

物置の外に立っていたのは、数日前俺に声をかけた、あの老人だった。

しかし老人の風貌《ふうぼう》は異様だった。目は夜叉《やしゃ》のようにギラギラと血走って、身体は返り血で、真っ赤に染まっていた。

俺の腕は恐怖でガタガタと震える。抱きしめていた腕に力がこもったからか、腕の中にいた鈴芽がふにゃあと泣き出してしまった。

『す、鈴芽……！』

老人はにたりと背筋が凍るような笑みを浮かべると、物置の扉に手をかけ、ゆっくりと戸を開く。

『あぁ、ここにいたのか』

そう言った老人の手には、べったりと血のついた包丁が握られていた。

俺は目を見開いたまま、金縛《かなしば》りにあったように、身動きすることができない。

老人は、俺と鈴芽にゆっくりとにじり寄ってくる。

そして男は俺の首をつかみ、包丁を突き刺そうと腕を振り上げた。

俺はぎゅっと目を瞑《つむ》り、鈴芽の身体を抱きしめる。

その時、静寂を裂くようにすぐ近くの通りから、パトカーのサイレンが響いた。

老人はそれにハッとして、物置の側に置いていた大きな袋を持ち上げ、家から逃げ出した。

しばらく硬直していた俺は、あの血が父と母のものだと気づき、急いで家の中に戻る。

『お父さん！　お母さん！』

二人の姿を探し、居間の扉を開け放った。

そこには地獄が広がっていた。

俺がいつも生活している家とは、かけ離れたまったく別の場所に見えた。

あの男と争ったせいか部屋には物が散乱し、ガラスも割れ、真っ赤な血が床に飛び散っている。

そして全身血まみれで、変わり果てた姿になった父と母が床に倒れていた。

俺は声にならない叫び声を上げる。

その直後、警官が俺と鈴芽を保護し、連絡を受けた祖父が帰宅した。

警官から事情を聞いた祖父は、鈴芽を抱いてぼんやりと佇んでいる俺を見つけ、俺たちを抱きしめ、涙を流した。

『明良、鈴芽、すまない……！　怖かっただろう』

俺は泣くことも忘れ、虚《うつ》ろな瞳で祖父の姿を見つめていた。

謝り続ける祖父に何か言ってあげたかったけれど、言葉を忘れたように、一言も発することができなかった。


その光景を見ていた俺は堪えきれず、地面にうずくまって大声で叫んだ。

今なら。大人になった今なら、きっと父と母を助けられるのに。

いや、もしもう一度過去に戻れるとしたら、俺自身が無事ではすまなくても、例え死んでしまったとしても、絶対に父と母を助けよう。

何度も何度も、あの光景を夢に見て、そう誓ったのに。

――結局また、助けられなかった。


それ以降しばらく、俺の家はすべての幸せがなくなってしまったみたいに、悲しい時間が続いた。

俺は事件の日から、祖父と顔を合わせるのが怖くなった。

犯人はすぐ逮捕されたが、警察にどこまで話したのだろう。

あの男が家に来るきっかけを俺が作ったことを、祖父は知っているだろうか。面と向かって訊ねる勇気はなかったが、きっと知っているに違いないと思った。祖父は俺のことを、恨んでいるだろう。俺のせいで、父と母が死んだも同然だ。

そう考え、どんどん普通の会話すらできなくなった。

何も分からない小さな鈴芽だけは、無邪気に笑っていた。

両親がもう二度と帰ってこないことは理解していた。ただ、父と母が戻らないのなら、せめて犯人には刑務所に入って、罪を償《つぐな》ってほしいと願った。

しかし神様はどこまでも理不尽だった。犯人の男は、患っていた持病をこじらせ、結局裁判が終わる前に死んでしまった。

その後の捜査で犯人の男が長年勤めていた会社を突然解雇され、生活に困窮《こんきゅう》していたこと、それを家族に話せず消費者金融から多額の借金をして追いつめられていたこと、その時偶然祖父の存在を知り、骨董品を盗めば借金を返済して楽に生活できると考えたことなどを聞いた。

だが犯行にどんな理由があったとしても、到底納得することも許すこともできなかった。

犯人が死んでしまい、怒りをぶつける矛先《ほこさき》すら失った俺たち家族には、やりきれなさだけが残った。

これはいつのことだろう。

俺の目に入ってきたのは、仏壇《ぶつだん》に向かう祖父の後ろ姿だった。

祖父は押し殺した声で、何度もすまない、すまないと謝っている。

その姿に、俺は衝撃を受けた。

もしかして祖父はこうやって毎日、父と母に謝り続けていたのだろうか？

俺はずっと、祖父は父と母が死んでも、さほど悲しんでいないのだと思い込んでいた。

祖父が俺と鈴芽の前で、悲しむ様子を見せた記憶がなかったからだ。

祖父は両親の死後、人が変わったように厳しくなった。

家事も鈴芽の面倒を見ることも、大半を俺に押しつけた。

年月が経てば経つほど、祖父との心の距離はどんどん開いていった。

友達と遊ぶことも制限され、門限から数分遅れると、家の中に入れてもらえず何時間も玄関の前で立たされた。かといって成績が落ちるとそれはそれで大声で怒鳴られて、祖父がいいと言うまで勉強することを強いられた。

家事と勉強と鈴芽の面倒を見ることで、俺はへとへとに疲れ切っていた。

そんな時祖父は何をしているかというと、部屋にこもり、押し黙っているだけだった。

祖父の豹変《ひょうへん》ぶりが信じられなかった。

父と母の死を悲しんでいる素振りもなかったし、裏切られたような気持ちでいっぱいになった。

中学を卒業する頃には、俺は祖父を毛嫌いするようになっていた。

鈴芽も可哀想だった。その頃鈴芽は五歳くらいで、まだ幼稚園に通っていた。親に甘えたい盛りだっただろうに、鈴芽が甘えられる人間は俺しかいなかった。

他の子と同じように欲しいものをねだることも家族で遊園地に行くこともできず、小さいなりに懸命に俺の手伝いをしてくれた。

鈴芽は自分が泣いていたら俺が心配すると思って、いつも布団に隠れてこっそり泣いていた。そんな鈴芽の姿を見ていると、祖父を許せないという気持ちばかりが強くなっていった。

早くこんな家を出ていってやる。その決意だけが、俺を動かす原動力になった。

その日の祖父は、一人で縁側に座って、月を眺めていた。

『あなたはもう少し、明良と鈴芽に優しくしてあげたらいいのにね』

誰かが優しい声で、そう言った。

いつの間にか祖父の前に、ふわふわとした蛍《ほたる》のような光に包まれたお婆さんが立っていた。

この人、一体どこから現れたんだろう。そう考え、彼女の顔を見て、俺はハッとした。

「これ、婆ちゃんだ！」

「お前の婆さんか」

「そう、絶対にそう！　婆ちゃんは、俺が生まれる前に亡くなったんだ」

「なるほど。爺さんは、やっぱり生者でない人を見る力があったようやな」

会ったことはないけれど、祖母の姿は写真で見たことがある。

それに説明されなくても、ひと目で俺の祖母だと分かった。笑った時の目元が、父さんによく似ていたから。

祖母に向かい、祖父は静かに呟いた。

『そう言えば、今日はお前の命日だったか』

『嫌ですよ、忘れちゃ。お久しぶりです』

そう言って、祖母は儚《はかな》げに笑った。

『私は老い先が短い。明良と鈴芽が社会人になるまで、見守れるかすら分からない。

あんな目に遭った二人だけを残して死ぬのは、心配で堪《たま》らない』

祖父は疲れたように空を見上げ、深い溜め息を吐く。

『二人が立派に生きていけるように、心を鬼にして、明良と鈴芽をしっかりと育てないと。それがせめてもの、私の罪滅ぼしだ』

その言葉を聞いて、初めて気がついた。

祖父が理不尽に家のことを押しつけてばかりいると思っていたが、おかげで俺は、一人で大抵のことをこなすことができている。料理も、掃除も、洗濯も。

自分が死んだ後、残された俺と鈴芽のことを考えてのことだったのだろうか。

学費を奨学金やバイトでまかなったことも、祖父の死後、残された俺と鈴芽に相応の財産を残すための配慮だったのかもしれない。

『だけど、もう少し優しくしてあげればいいのに』

それを聞いた祖父は、厳しい表情で頭を振る。

『私は恨まれているくらいでいいんだ。私がいなくなって、明良と鈴芽が清々したと思えるくらいでちょうどいい。無駄に悲しませることなどない』

祖父は、俺に嫌われていることを知っていたのだ。むしろ、そうなるように仕向けていた。いずれ来る別れの日に、俺たちきょうだいがこれ以上悲しまないように。

『明良はあの事件が起きる直前、犯人と話していたんだ』

俺はその言葉にハッとする。

祖父はやはり、俺が犯人と会話していたことを、知っていたんだ。

『じゃあ明良は、自分のせいであの事件が起こったと思っているかもしれませんね』

祖父は少し強い口調で言った。

『明良のせいなものか！　諸悪の根源は、犯人の男だ。それに、男がこの家を狙う原因を作ったのは、私なんだ。私が骨董品など最初から集めなければ、あの男に狙われることもなかった』

事件後、祖父は集めていた大切な骨董品を、すべて手放してしまった。

それは自責《じせき》の念からだったのか。

『それに明良には、霊を寄せつけてしまう力がある。どうかあの時計に託した術で、明良を守れるといいんだが』

『あなたはいつも、不器用なんですから』

少し心配そうに微笑んで、祖母は光と共に消えていった。

この記憶も、そろそろ終わりに近い。

時間が進み、俺は高校生になっていた。

この日のことも、よく覚えている。むしろ最後にまともに祖父と会話したのが、この時の記憶くらいしかない。

俺と祖父は居間で向かい合って座り、険悪な空気の中、言い争いをしていた。

『爺ちゃん、俺、高校を卒業したらこの家を出て働くよ』

『その話は、もう結論が出ているはずだろう』

『嫌だ！　この家を出ていって、働いて、鈴芽と二人で暮らす』

祖父は相変わらず厳しく、俺は日々の生活に疲れ切っていた。早く独り立ちして、自由に暮らしたいと考えていたのだ。

『そんなこと、お前にできるわけないだろう。お前なんて、まだまだ子供じゃないか。一体どうやって生活するつもりだ⁉』

『朝から晩までバイトすれば、どうにか二人で暮らす分だけの生活費は稼げるよ』

祖父は冷淡な視線を俺に向け、淡々と正論を吐く。

『もし病気にでもなって、働けなくなったらどうするつもりだ？　お前の自分勝手に鈴芽も付き合わせる気か？』

『それは……』

俺はぎゅっと拳を握りしめる。

『話にならんな。最初から分かり切っていることだろう』

祖父の怒りのこもった声に、俺は一層反抗心を強くする。

『お前の父さんだって、お前を大学に行かせるつもりだったんだ。この家で暮らしている間は、言うことを聞きなさい！』

父のことを持ち出すのは卑怯《ひきょう》だ。そう思ったのを憶えている。

この話は何度もしたが、何回説得しても平行線で、祖父は一歩も譲る気がなさそうだった。

『分かった、大学を卒業するまではこの家にいる。でも、就職が決まったらすぐに出ていくから』

『……それでいい』

俺は立ち上がり、大声で捨て台詞を吐く。

『もう全部うんざりだ。この家にいると、息が詰まるよ！　爺ちゃんは、俺のこと邪魔だと思ってるんだろ!?　俺だって、こんな家ずっと出ていきたかった！　いっそあの事件の時、父さんと母さんの代わりに、俺が死ねばよかったんだ！』

それを聞いた祖父は立ち上がり、俺の頬を平手で打った。

俺は唇を噛みしめ、激しく襖を閉めて出ていった。

俺が部屋を出ていった後、祖父は頼りない足どりで立ち上がり、父と母の遺影の前に座った。こうして見ると、ずいぶん祖父の背中が小さくなったことに気づく。

祖父は、掠《かす》れた小さな声で話す。

『私は、二人の愛し方を間違ってしまったんだろうか。あの子たちのためならどれだけ憎まれてもかまわないと思っていたけれど、もう少し、明良と鈴芽が穏やかに暮らせる方法を選べばよかったな』

悲しげな表情で目を伏せている祖父を見て、俺の胸は後悔でいっぱいになる。

気がつくと、過去の俺たちは姿を消し、俺と榊原は真っ暗な空間に佇んでいた。

俺たちの前に、ふわふわと小さな光が舞っている。

目を凝《こ》らすと、そこに祖父が立っているのが見えた。

――いや、違う。

祖父はこの時計と一緒に、ずっと俺の側にいたのだ。

祖父は相変わらず、怒ったような顔で俺を見ている。けれど時計の記憶を辿った俺はもう、彼が怒っているのではないことが分かる。

「爺ちゃん……ずっと俺のことを、見守ってくれていたんだね。自分が死んだ後も」

そう言葉にすると、祖父はゆっくりと頷く。

「……分かんないよ。何も言わないんだもん」

それを聞いた祖父は、少しだけ口角を上げた。

「爺ちゃん、俺、何も知らなかったんだ。爺ちゃんは俺のことを、恨んでいたんだと思ってた」

そう告げながら、涙が頬を伝っていくのが分かる。

「爺ちゃんはずっと俺と鈴芽のことを考えていてくれたのに、俺、何も分かってなかった。この時計のことも、全然知らなかった。爺ちゃんが守ってくれていたから今までのうのうと生きてこられたのに、その思いの欠片《かけら》も分からずに、自分一人で何でもできると思い込んでいた」

ずっと言えなかった言葉が、自然とこぼれ落ちる。

「ごめんなさい、爺ちゃん。代わりに俺が死ねばいいなんて、絶対に聞きたくない言葉だっただろうに。本当はずっと、謝りたかった。だけど、俺、ずっと、どうやって話していいか、分からなくて……」

祖父は、俺の頭をぽんぽんと撫でた。

どうして忘れていたんだろう。

子供の頃、爺ちゃんはこうやってよく俺の頭を撫でてくれた。俺はその手が、大好きだったのに。

『明良、私は言いたいことの半分も、お前に伝えることができなかった。ずっと窮屈《きゅうくつ》だっただろう。すまなかった。もっと、明良と鈴芽のことが大切だと、伝えるべきだった。お前たちは、私の宝だった。明良と鈴芽が側にいるだけで、私は幸福だった。

そう、何度だって言わなければいけなかったのにな。けれどお前は私が思うよりもずっと、いい孫に育ってくれた』

俺はそんなことない、と頭を振る。

次から次へと涙が溢れて、唇から嗚咽《おえつ》が漏れた。

『明良、いろいろ背負わせてしまって、ごめんな。もう、苦しまなくていい。お前は何も悪くない。父さんと母さんが死んだことを、お前が気に病むことはないんだ』

祖父は俺の持っている懐中時計に優しく触れた。

『懐中時計に、守護の術をかけていた』

「守護の術？」

『あぁ。その時計がどうかお前を守ってくれるように、そう願ってな。これからも、つらいことがあるかもしれない。だけど、お前なら大丈夫だ。どうか鈴芽を頼んだぞ』

そう言って微笑むと、祖父の姿は光に包まれ、消えてしまった。

◇◇◇

再び目を開くと、俺と榊原は事務所の一室に戻っていた。

蝋燭の火は、すべて消えている。

窓の外からは、真新しい朝陽が差し込んでいた。太陽の光は、すべてを塗り替えるように美しかった。

ようやく、長い夜が明けたのだ。

榊原は俺が持っていた懐中時計に優しく触れ、慈《いつく》しむように言った。

「志波に急に幽霊が見えるようになったんは、爺さんが時計にかけた守護の術が、亡くなったことで弱くなっていったからやったんやな」

「守護の術？」

そういえば、爺ちゃんもそんなことを言っていた。この時計には、俺の知らない秘密があるのだろうか？

「おそらくやけどな……」

榊原は爪先で、カリカリと懐中時計の蓋に触れる。

すると蓋が開いて、二枚に分かれた。今までに見たこともない時計の姿に、俺は大声で抗議する。

「あーーっ！　壊した！　俺の大事な時計、壊した！」

「うっさいなぁ、ちゃうわ。最初っから二重蓋やったんや。ずっと持ってて気づかんかったんか？」

そして蓋の内側を見て、榊原は目を細める。

「やっぱりここや。彫《ほ》りが入ってるな」

確認すると、確かに二重になって隠れていた蓋の裏に、漢字のような記号のような、不思議な文字がハッキリと刻まれている。

「爺ちゃんが言ってた俺を守るための守護の術って、これのことだったのか」

その文字をまじまじと見つめ、あることに気づいて息を呑んだ。

守護の術と共に刻印された、ざらざらとした文字を、親指でなぞる。その文字をよく見たいのに、勝手に視界がぼやけた。

〝24. July. 1996〟

「この日付……俺の誕生日だ」

榊原が優しい声で言った。

「あぁ、そうか。その時計を買ったん、お前の誕生日やって言うてたもんな」

「うん」

俺は時を刻み続ける時計をじっと眺め、それからぎゅっと握りしめた。

もっと早く、気がつけばよかった。俺はこんなにも大切に思われていたんだ。

「爺ちゃん、自分が死んだ後も俺のことが心配で、俺のことを守ろうとして、現れていてくれたんだな。榊原、爺ちゃんは……？」

「大丈夫や。お前が心配でこの世に留まっとったけど、無事に成仏《じょうぶつ》したみたいや」

「そうか、爺ちゃん、よかった……」

俺はほっと息を吐いた。ずっと心配をかけてばかりだった。せめて天国で安らかに眠ってほしい。

朧は懐中時計に手を当て、優しい声音で呪文を紡ぐ。すると時計が金色の光を放った。

「朧、これ……」

「爺さんが授けた守護の術は、もう効力が消えかけとったからな。もう一回、俺が術を強化した。これからは今までみたいに、いたずらに霊に追いかけられたりはせんやろ。ただ幽霊と波長が合ってもうたみたいやし、お前にあった霊感は残ってるから、強い霊がいる時、どうしても見えたりするんは続くやろけどな」

今まで俺はずっと、心のどこかで自分はここにいてはいけないのではないかと、不安を抱えていたように思う。

けれど、もう不安はない。

祖父が守ってくれた自分を、大切にして生きていこうと素直に思えた。

感極まった俺は、榊原のことを強く抱きしめた。

榊原は珍しく、少し面食らったような顔をしている。

「榊原、本当にありがとう！　俺、榊原に出会わなかったら、一生爺ちゃんのことを誤解したままだった。最後に爺ちゃんの思いを知ることができて、よかった。本当によかった！」

榊原は冗談っぽい口調で言った。

「ま、俺は有能やからな。仕事の依頼はちゃんとするで」

俺は榊原の手を、ぎゅっと強く握った。

「何や」

「榊原、俺、頑張って働くから！　壺の弁償をしなきゃいけないのもあるけど、それだけじゃなくて……俺、感動したんだ。誰かの心を救うことができる仕事って、すごいなって思ったんだ！　俺も榊原みたいになりたい！　だから改めて、ここで働かせてほしい！」

そう宣言すると、榊原は堪《こら》えきれなくなったように、クスクスと笑った。

今まで嫌味っぽい顔で笑うのは何度も見たけれど、こんな風に素直に笑った顔は初めてだ。

「どうしたんだ？」

「いや、お前、ほんまコロコロとよく表情が変わるな。すぐに怒ったり、笑ったり、泣いたり」

俺はうぅ、と唸り声を上げた。

「……よく子供っぽいって言われる」

「ええんちゃう？　見てて飽きんわ」

「それ、褒められてるの？」

榊原は目を細め、やわらかい声で言った。

「あぁ、なんやかわいく見えてきたわ。俺、お前のそういうところ、わりと好きやで」

率直な言葉でそう言われ、頬が熱くなった。

何だろう。榊原といると、今まで抱いたことがない感情が、次々に溢れてくる気がする。

「あとな、お前は絶対俺みたいにはなれへん」

「確かに、そうかもしれないけど、そんなハッキリ言わなくても……」

落ち込んでいると、違う違う、と榊原が笑った。

「俺みたいになる必要なんかないって話や。お前には、お前のいいところがあるやろ？　俺はどう頑張っても、志波みたいに自分の思ったこと素直に表に出して、全部伝えるなんて絶対できへん。けど、だからこそお前みたいなやつに救われる人間もおるってことや」

「俺が、救う？」

本当にそんなこと、できるだろうか？　考えていると、榊原は俺の肩を叩いた。

「言っとくけど、俺は人使い荒いで？」

「知ってるし、いいよ、それでも！」

働いていた会社が潰れた時は、まさか自分が陰陽師の手伝いをするなんて、想像もしていなかった。

でも榊原の近くにいれば、今までより楽しい毎日が待っているような気がして、俺は期待に胸を弾ませた。

二柱　ガーネットは真実を語る

「そういえばお兄ちゃん、新しい仕事決まったの？」

自分の部屋まで行く気力もなく、居間でぐったり寝そべっている俺に、鈴芽が声をかけてきた。

「うん、一応決まったよ。上司の人使いが、めちゃくちゃ荒いけどな……」

榊原陰陽師事務所で働くことになってから、数日が過ぎた。

俺は日々、朧にこき使われている。体力は人よりある方だと自負しているが、それでもしんどい。


翌日、いつものように事務所に行くと、早速朧が無理な注文をしてきた。

「シバコロ、そっちに机を移動させてくれ」

どうやら唐突に模様替えしたい気分になったらしい。大広間にある巨大な机を移動させろと言われ、俺は顔をしかめた。

最初は朧に気を遣って敬語だったが、あまりにこき使われるので、それもやめた。

ささやかすぎる抵抗だ。

「え、まさか俺一人で？　机持つ時って、普通二人で持つよね？」

そう問いかけると、朧は軽蔑《けいべつ》するような表情でこちらを見る。

「お前最低やなぁ、もなかに持たせるつもりか？　こんな小ちゃい身体してんねんで？」

そう言って、近くにいたもなかをぽんぽんと撫でる。

もなかは相変わらず、二足歩行のかわいいキツネさんだ。そこにいるだけで癒《い》やされる。

「志波君、そうなん？　もなかに持たせるつもりなん？　もなか、あんまり腕力《わんりょく》に自信ないんよ」

もなかが困ったような顔で俺を見つめる。

「違うよっ！　俺は朧に持ってほしいって言ってるんだよ！　大体部屋の模様替えって、もはや陰陽師と何の関係もないじゃん！　ずっと思ってたけど、これって助手っていうより、ただのパシリなんじゃ……」

自分の席で優雅にコーヒーを飲んでいた朧は、平然とした顔で呟いた。

「お前、今頃気づいたんか。何しろシバコロには、五二〇〇万円の借金があるからな。どんどん働いてもらわんと」

「高い！っていうか、あれ？　壺の料金は五〇〇〇万円じゃなかった!?　何か額が増えてるけど!?」

「除霊代が二〇〇万円」

「高《た》っか！」

「というか、馴れ馴れしいな。いつの間に俺のこと呼び捨てにしてんねん。先生と呼んで敬わんか」

「えー、いいじゃん。だって榊原先生って、長いし舌噛みそうだし。朧もシバコロじゃなくて、俺のこと明良って呼んでいいよ」

「うるさい。しゃんしゃん働け。家具の移動が終わったら、弁当買ってきてくれ。そろそろ腹が減ったわ」

「こき使いすぎだろ！　もう少し、優しくしてくれたっていいのに」

相変わらず、顔だけは綺麗なのに。どうしてこうなってしまったのだろうか。

「文句言わんと、ひたすら馬車馬のように働け」

ゼエゼエ言いながら家具を移動させた俺は、ふと疑問に思った。

「なぁ、俺が来るまでは、こういう雑用って誰にやらせてたんだ？　他の人がいたの？」

「いや、別にやろうと思えば、もなか以外の式神出してそれに命令するけど」

「じゃあ今日も式神出せばよかったじゃん……」

俺はここで働くと言ったことを、後悔し始めていた。

俺も朧みたいに呪文を唱えただけで、呪符《じゅふ》から火の鳥が出せるような修行ができるのかと、ひそかに期待していたのに。

買ってきた弁当を二人で食べながら、俺は朧に問いかける。

「そういえば、朧の他にも陰陽師っているの？」

朧は綺麗に箸《はし》を使って、弁当のおかずをつまみ上げる。

「そりゃ、ぎょうさんおるで」

「へぇ、やっぱりいるんだ」

「そもそも陰陽師っていうんは、国の機密機関やねん」

「え、それってどういうこと？　国のってことは、まさか公務員ってこと？」

「まぁ、公務員と言えば公務員やな。この前も説明したやろ。そもそも平安時代には、陰陽師は国家公務員やったって。日本に律令制《りつりょうせい》があった時代、陰陽寮っていう国の機関があったんや」

「平安時代って七九四年だろ？……ずいぶん昔だな」

俺がそう言うと、朧は補足した。

「陰陽師の歴史自体は、もっと古いで。そもそもの起源は、中国の陰陽五行思想やからな。少なくとも飛鳥時代には、その思想が日本に伝わっとった」

いつもながら思うけれど、自分の仕事のこととはいえ、よくこんな風にすらすら説明できるな。彼が淀《よど》みなく話す様には、いつも感心する。

「平安時代の陰陽師は、天気の研究とか、地震の予測とかもしとったみたいや。貴族は京都におったけど、何しろ京都は水害が多かったからなぁ。死活問題やったんやろ」

「洪水は今でも大変な災害だもんな」

朧は楽しげに、口端を上げる。

「そしてもう一つの役割が、霊的な力で国を守ることや。呪いや結界、さまざまな術を用いて、怨霊《おんりょう》や鬼と戦ってきたんや。大江山《おおえやま》に住んで悪さしとった酒呑童子《しゅてんどうじ》の住み処《か》を安倍晴明が見破って、源頼光《みなもとのよりみつ》らが退治しに行ったっていう話もあるな」

「へぇ。むしろ最近はそっちばかりが有名だから、天気の研究をしてたって方が意外かも。そういえば、吉日を占ったりもしてたって言ってたもんな」

朧は茶をすすりながら続ける。

「今も依頼があれば、占術の仕事もやるけどな。相性占いとか」

朧の占いは、説得力がありそうだ。

「とにかくそういう事情で、陰陽師は今でも国に所属して働くのが普通なんや」

「ということは、資格とかあるのか？」

「もちろんあるで。一般には公になってないけど、一応国家資格や。弁護士や税理士と一緒やな。まぁ俺は昔陰陽課《おんみょうか》をやめてフリーになったから、上からごちゃごちゃ言われんで自由にやっとるけど」

昔やめた、という言葉を聞いて、俺はふと朧の年が気になった。最初会った時に俺のことをガキとか言ってたし、けっこう年上なんだろうか。同じくらいに見えるんだけどなぁ。

「ふぅん。朧って、いつから陰陽師やってるの？」

「陰陽課に入ったんは、八歳の時やな」

「八歳!? そんな小さい時から!?」

いつの間にか朧の隣にいたもなかが、ひょっこりと顔を覗かせる。もなかの動きに合わせて、ふわふわした尻尾が揺れるのがかわいらしかった。

「ちなみに私もその時から、先生にお仕えしてるんですぅ」

「へぇ、もなかはそんなに昔から朧と一緒にいるんだ」

「そうですよー。せやからもなかは先生のことは、何でも知ってるんです！　志波君からしたら先輩だから、もなか先輩って呼んでもええですよ」

呼んでもいいっていうか、そう呼んでほしそうに尻尾をふりふりしている。

「じゃあもなか先輩、昔の朧ってどんな感じだった？　今はこんな風にひねくれてるけど、さすがに子供の頃はかわいげがあったとか？」

そう訊ねると、もなかは嬉しそうに自分の頬をむにむにと触る。

「子供の頃の先生は、そりゃーかわいかったんですよー。お師さんにも懐いてましたし……」

その時、朧の肩がぴくりと反応した。そして俺の質問を遮るように、懐から飴玉《あめだま》が入った袋を取り出す。

「もなか、飴ちゃんやろか？」

それを聞いたもなかは、目をキラキラ輝かせてぶんぶんと頷いた。

その様子はすごくかわいいけど、キツネって飴玉食べて大丈夫なのかな……。そして関西の人って、どうしていつも飴を持ってるんだろう。というか榊原、今露骨《ろこつ》に話をそらしたよな。お師匠さんのことは聞かれたくないんだろうか？　疑問が尽きない。

「ほらシバコロ、もなかにその飴あげてええで」

朧は、俺にぽいと飴玉を投げる。

俺が飴を差し出すと、もなかは嬉しそうに飴を受け取り、ほっぺにいれてコロコロと舐めた。

朧は部屋を出ていってしまい、結局昔のことを聞ける状況ではなくなってしまった。

午後からは朧の依頼に付き合って、出かける予定になっていた。

久しぶりに陰陽師っぽい仕事を手伝えて、正直ほっとしている。

朧は車のキーをチャリチャリと指で回す。

「志波、お前運転できるか？」

「一応免許は持ってるけど」

「じゃあナビに住所入れるから、そこまで行ってくれ」

まぁいいけどね、運転手くらい。

朧について、建物の裏へ回った。

どうやら車庫らしいが、かなり大きい。この車庫だけで、小さな家一軒分くらいのスペースがある。

朧がボタンを押すと、電動式のガレージのシャッターが開いた。

車庫には車に詳しくない俺でもひと目で高いと分かる高級車が、ずらりと並んでいる。パッと見えるだけで、四台くらいあるんだが……。

「え、これ全部朧の車？　一人でこんなに乗るの？」

「まぁ用途に分けて使ってるけど。人から貰ったりして、気がついたら増えとったな」

人から貰う？　車を？　別次元の話すぎて、理解できない。

俺は緊張しながら車に乗り込んだ。

今からこの高そうな車を自分が運転するのだと思うと、ハンドルを握る手が強張った。

「この車、もしぶつけでもしたら、修理にいくらかかるんだろ」

朧は助手席に座り、不敵に微笑む。

「また借金が増えるなー。そしたら今度は何してもらお？」

朧のやつ、面白がってるな。

「朧って、俺に嫌がらせしてる時が一番楽しそうだよな……」

俺が怖々と運転している間、朧は助手席で真剣な表情で書類を読んでいた。

二十代くらいの若者が高級車に乗ると、不釣り合いになりそうなものなのに、朧は彼自身の持っている高潔な雰囲気のせいか、この車の助手席に座っている姿もよく似合っていた。

こっそり朧を見ていると、彼の紫色の瞳がこちらを向く。

「よそ見してるとぶつかるで」

「うわああああああああ！」

そんな感じでビクビクしながら、運転すること一時間。距離はそんなに走っていないが、ずっと神経を張り詰めていたせいで、無駄に疲れた。

「もう嫌だ……帰りは朧が運転してよ」

到着したのは東京のはずれの一等地にある、西洋風の屋敷だった。レンガ造りで三階建ての、格式が高そうな建物だ。

「ここが明月院《めいげついん》家や。依頼主は、明月院建設の社長の一人娘の明月院みやびさんって人や」

俺は聞き覚えのある会社名に感心する。

「明月院建設って、大きなマンションとかビルとかいっぱい建ててる建設会社だよな」

「あぁ。住宅以外にも、高速道路や商業施設、大学の建設にも携わっとるみたいやな」

「へぇ、すごいなぁ」

お手伝いさんに案内され、屋敷の中に入る。

扉の先にある廊下は天井が高く、緻密な装飾が施されていて豪華だ。ステンドグラス風の窓からは、やわらかい日差しが差し込んでいる。

俺は感心して、キョロキョロと周囲を見回した。

しかし朧が完全に仕事モードに入り、真剣な表情になったので、黙って彼の後ろを歩いた。

廊下を抜けると庭園に続くエントランスがあり、上階から螺旋《らせん》状の階段が伸びていた。まるで深窓《しんそう》の令嬢でも現れそうだ、なんて考えていたら、本当に白いワンピースを着た美しい女性が下りてきた。

「わざわざご足労《そくろう》いただいて申し訳ありません。私が今回依頼をした、明月院みやびでございます」

そう言って、彼女は美しい所作でお辞儀をした。それと同時に、長い黒髪が白雪のような肌にさらりと流れる。

みやびさんはおそらく、二十代前半だろうか。育ちがいいせいかどこか浮き世離れした雰囲気があり、女学生のようにも見えた。

朧はよそいきの顔で、みやびさんにキラキラした笑みを向ける。

「本日はご依頼いただきまして、ありがとうございます。榊原陰陽師事務所の榊原朧と申します」

完全に別人だ。事務所で何件か、彼が客に対応しているところを見たが、朧は客の前では人が変わったように丁寧に話す。関西弁も使わない。

しかし朧を前にしても、みやびさんは無表情で小さく頷いただけだった。

朧に笑いかけられると、大抵の女性は恥ずかしそうに顔を赤らめるんだけど。

俺は朧に続いて頭を下げた。

「助手の志波明良です。どうぞよろしくお願いします」

余計なことを話すと怒られそうなので、それだけ言って俺は黙った。

彼女に案内され、俺と朧は客間に通される。客間では、先に男性が一人座っていた。

彼を見た瞬間、何だか偉そうなおじさんだなと思った。ふんぞり返ったようにしているからだろうか。何だか脂っこい顔に、七三に分かれた髪型、ぼってりとお腹が出た中年太りの体型。

もしかしたら、この人がみやびさんのお父さんだろうか。……にしては、全然似てないし、親世代にしてはちょっと若い気がする。

俺たちも席に座り、ひと息吐いて朧が口を開いた。

「本日は、どのようなご用件でしょうか？」

みやびさんは不安そうに、今回の依頼について話し始める。

「実は、私たちは婚約したばかりなのですが……」

「えっ、みやびさんとその人がですか!?」

思わず驚いて声を上げてしまった。すかさず朧に、腹を小突かれる。

俺は改めてみやびさんと、隣にいる男を交互に見比べる。男はどう若く見つもっても、四十は過ぎているだろう。この人と婚約？　婚約者にしては、年の差がありすぎる気がするけど……。

「それはおめでとうございます」

朧がにこやかに告げると、男性が話し出した。

「私はSUDOU《スドウ》自動車の副社長をしている、須藤廉冶《すどうれんじ》だ」

俺は思わず口を挟んだ。

「SUDOUって、あのSUDOU自動車ですか？　うちの車も、古いけどSUDOUのですよ」

SUDOUは誰もが知っている、大手自動車メーカーだ。あの大企業の副社長が、この人なのか。

朧が肘打《ひじう》ちし、小声で「おい、黙っとれ」と呟く。

しかし俺の言葉に、須藤は気をよくしたらしい。

「そう、その大きくて有名なSUDOU自動車だよ！ 日本の自動車販売台数シェア五十五パーセントを占める、世界的にも有名な大企業のSUDOU自動車！」

須藤は一度口を開くと止まらずに、最近のSUDOU自動車がどれだけ躍進《やくしん》しているのかをぺらぺらと語り出した。

最初は真剣に須藤の話を聞いていたが、延々と自慢話が続くので辟易《へきえき》した。個性が強い人だな。須藤は自信にみなぎっていて、テカテカ輝いている感じだ。朧はどう思ってるんだろうと隣を見たが、何の感情も表に出さず、美しく微笑んでいる。

途中でお手伝いさんがコーヒーを持ってきてくれたが、須藤はそれを一口飲むや否や、大きな声を上げた。

「おい君、いつも言っているだろう！ 僕はブルーマウンテンしか飲まないって！」

「はっ、申し訳ございません」

叱られたメイドは平謝りし、慌ててカップを取り替えに行く。

せっかく用意してくれたんだから、そこまで怒らなくてもいいのになぁ。横柄《おうへい》な態度に、少し驚いてしまった。

朧はニコリと笑いながら言う。

「須藤様は、コーヒーにも並々ならぬこだわりがあるんですね」

「あぁ、やっぱり一流の人間は、食べるものや着るものも、すべて一流にこだわらないと！」

得意げな須藤の言葉は、羽根のように軽薄な響きだった。

俺はその光景を見て、もやもやした。どうにもこの人を好きになれそうにない。

須藤はコーヒーを待ってる間も、壊れたラジオのようにとめどなく自慢話を続ける。

そもそもガブガブとコーヒーを飲む姿は、品がない。

朧はしばらく笑顔で相槌《あいづち》を打っていたが、このままだと収まりがつかないと思ったのか、須藤に質問を投げる。

「SUDOU自動車は、確か一族経営でしたね？」

「そう、だから父が引退したら、あの会社はすべて僕のものになるんだ！　次期社長だよ、次期社長！　そのあたりにいる人間とは、格が違うんだよね！」

「それは素晴らしい。どうりで須藤様からは、他の方とは違うただならぬ気品が漂っていらっしゃると思いました」

朧は、いけしゃあしゃあと嘘を吐く。絶対そんなこと、思ってないくせに。須藤って人、申し訳ないけれど典型的な成金息子って雰囲気だ。

朧のお世辞に気をよくし、須藤は高笑いする。

「君、なかなか見る目があるねぇ。今度うちの新型車発表会に招待してあげよう」

「みやびさんも須藤様のような方とご結婚できるなんて、さぞお幸せでしょうね」

朧がみやびさんに話を振ると、すかさず須藤が割って入る。

「当然だよ！　僕は引く手数多《あまた》で、たくさんの女性から結婚してほしいって言われていたんだけどね。残念だけど、教養のない庶民じゃ、僕とは釣り合わないから。その点、みやびさんなら安心だよ」

みやびさんへの扱いも、婚約者というよりまるで自分の所有物を見せびらかすみたいだ。彼女はそれで平気なんだろうか？

朧はそれを適当に受け流し、みやびさんに笑いかけた。

「さて、須藤様のご活躍を聞いていたいのは山々なんですが、そろそろご相談に移りましょうか」

そういえばずっと話し続けている須藤に相反して、みやびさんはほとんど話そうとしない。

彼女はずっと、心ここにあらずという感じだった。最初から少し現実離れした雰囲気だったが、須藤と会ってからは、どうにか笑みを浮かべているが一層魂が抜けたようだ。単に具合が悪いのか、それとももっと他の事情があるのか。

疑問に思っていると、みやびさんは静かに切り出した。

「相談というのは、彼と婚約したころから、妙なことが起こるようになったことなんです」

みやびさんは何か思い出したのか、少しだけ怯えた表情になる。ようやく人間らしい表情を見せたことにほっとした。

「妙なことと言いますと？」

須藤が身を乗り出して言った。

「みやびさんと会っている時に限って、動物の吠《ほ》えるような声が聞こえるんだ。唸るような、獰猛《どうもう》な獣《けもの》の鳴き声がね！　それに服を食いちぎられそうになったこともあるんだ。気味が悪いったらないよ！　この家には、化け物が住み着いているんじゃないのかい!?」

みやびさんは覇気《はき》のない様子で続ける。

「父は気にしすぎじゃないかと言うんですが、原因が知りたくて、本日は榊原さんをお呼びしました」

事情を聞いた朧は、納得したように頷く。

「なるほど。怪奇現象、ですね」

朧は何か考えを巡らせた後、落ち着いた声で続ける。

「人の情念や思い、というのは〝大切なもの〟に宿りやすいんです、例えば……、そうですね。ご婚約されたということは、婚約指輪とか」

「なるほど、指輪！　指輪が見たいんだね！」

須藤は見せたくて仕方がないとばかりに、得意気に胸をそらす。嬉しそうだな。

「みやびさん、僕の贈った素晴らしいダイヤモンドの指輪を、お二人に見せて差し上げたら？」

「……はい」

みやびさんは宝石箱の中から、大きなダイヤのついた指輪を取り出した。

一体何カラットあるのだろうか？　ダイヤは箱の中で、キラキラと眩《まばゆ》い輝きを放っている。さすが宝石の王様だ。

須藤は自慢気に話した。

「このダイヤの指輪はアンティークで、十九世紀、カステリカ王国のソフィア女王が所有していたという、由緒正しきジュエリーなんだ。それにしてもみやびさん、またしまっていたのかい？」

みやびさんは苦笑しながら答える。

「はい、傷つけてしまうのが怖いので、なかなかつけられなくて」

俺は宝石の美しさに溜め息を吐いた。

「俺、こんなに大きなダイヤモンドって初めて見ました」

それを聞いた須藤は、にんまりとする。

「そうだろう、そうだろう？　三カラットのダイヤでね。僕の妻になるなら、やはりこれくらいの指輪をつけてもらわないとね！」

それを聞いたみやびさんは、肩身が狭そうに俯《うつむ》いた。やっぱり何か訳ありっぽいな、これは……。

朧は指輪をじっくりと観察する。

「宝石には、昔から霊が宿りやすいとされています。ダイヤモンドといえば、『ホープ・ダイヤモンド』の伝説は有名ですね」

みやびさんが聞いたことがあります、と小さく呟いた。

「ホープ・ダイヤモンドは世界最大のブルーダイヤと言われ、二〇〇億円の価値があるそうです。最初農夫のものだったダイヤは盗難に遭い、フランス人のジャン・バティスト・タベルニエからルイ十四世へ、彼の死後はルイ十六世からマリー・アントワネットへ。次々に持ち主が変わりました」

朧は少し声をひそめて話を続ける。すると周囲の人々は怪談でも聞いているように、真剣に耳を傾けてしまう。朧は人の心を掌握《しょうあく》するのがうまい。

「その後も盗難に遭ったり売却されたりして、何度も持ち主が変わるのですが、その持ち主がみんな死んだり破産したりで、災いをもたらすダイヤという伝説が広まりました」

須藤は身を乗り出して、朧に訊ねる。

「じゃあこのダイヤの指輪にも、何か憑いているって言うのかい？　もしかして、亡き王妃の霊が高貴な僕に呼び寄せられて、現代に現れたのかもしれない！」

「いえ、この指輪が直接の原因という感じはしませんね……」

それを聞いた須藤は、ふふんと偉そうに笑った。

「そもそも本当に幽霊なんて見えているのかい？　インチキ陰陽師なんじゃないのかい？」

「須藤さん、せっかくいらしてくださったのに……！」

失礼なことを言う須藤に対し、みやびさんはおろおろと困った様子で彼を止めようとする。

朧は笑っているが、今の言葉には少しカチンと来たのだろう。笑顔がちょっと怖い。

「ご心配なく、須藤様。この現象の原因が霊の仕業《しわざ》でしたら、必ずや私が解明してみせましょう」

朧がそう宣言したのと同時に、須藤のスマホが着信を知らせる。

「そうか、それなら君に任せよう。すまない、僕はこれから仕事に行かなければいけないんだ。副社長ってのは忙しくてね。なんたって、次期社長だからね！」

須藤は陽気にそう言って、席を立つ。

みやびさんは彼に向かって折り目正しくお辞儀をした。

「須藤さん、わざわざお付き合いいただいて、ありがとうございました」

須藤は彼女に向かって、胡散《うさん》くさい表情でウインクを飛ばす。

「また連絡するよ！　アデュー！」

忙《せわ》しなく去っていく須藤を横目に、俺は少しほっとしていた。一緒にいるだけで、疲れる人だ。一方みやびさんは彼が話している間、ずっと不安げな様子だった。

みやびさんと須藤は年が離れているという理由だけでなく、どうにもしっくりこない。二人の間には恋人である親密さが、まったく感じられないのだ。特にみやびさんの方は、彼を警戒しているような感じさえする。

「あのー、みやびさん」

俺が彼女に声をかけると、みやびさんは不思議そうに顔を向ける。

「余計なお世話かもしれないですけど、あの人のこと、本当に好きなんですか？」

「えっ……」

みやびさんは困惑した表情で、言葉に詰まる。やはり、彼が好きというわけではないのかもしれない。

「おい、志波!」

焦った朧が、俺の腹をついた。

みやびさんは俯いて、静かに言った。

「別に、彼を好きになる必要はないんです。政略結婚のようなものですから」

「政略結婚って……そんな、それでいいんですか?」

みやびさんはすべてを諦めたように、俯きがちに話す。

「お恥ずかしい話ですが、明月院建設の近年の経営は、芳《かんば》しくありません。会社を建て直すために、須藤さんの会社から多額の融資《ゆうし》を受けている状況です。その条件として、私が須藤さんと婚約することになりました」

「どうしてみやびさんが……」

「私がずっと女子校育ちで、一度も男性とお付き合いしたことがないという話を聞いて、興味を示したようです。須藤さんのような方からすると、私のような世間知らずの箱入り娘は、珍しいと思ったのかもしれません」

「でも、みやびさんの気持ちは? 本当に好きじゃないのなら、あの人と結婚するのはやめた方がいいんじゃないですか? そんな気持ちで結婚するの、相手にも失礼だと思うし……」

みやびさんは驚いたように、真ん丸な目でこちらを見つめる。彼女の瞳が、一瞬泣き出しそうに揺らいだ。しかし彼女はそれを振り払うように、目蓋《まぶた》を伏せる。

富裕層の間では、政略結婚なんてありふれた話なのかもしれない。でもみやびさんは全然幸せじゃなさそうだ。俺は彼女がみすみす不幸になろうとするのを、ほっておけなかった。

さらに説得しようとするが、俺とみやびさんの間に青筋を立てた朧が立ち塞がった。

「志波君、ちょっとこっちに」

「……はい」

俺は朧に引きずられ、廊下に出た。それから彼女に声が届かないところで、思いっきり説教された。

「お前、何いらんこと言うてんねん！　仕事の邪魔だけは絶対するなよ」

「だって須藤って人、自慢ばっかりするじゃん！　みやびさんも何か浮かない表情だし、婚約なんてやめた方がいいと思うんだよ。あの人と結婚しても、幸せになれない気がする！」

「あんなぁ、俺は陰陽師で、婚活アドバイザーやないねん。仕事がちゃんと終われば、誰と結婚したってかまへん。お嬢様の機嫌損ねて、やっぱりこの依頼なかったことにしましょう言われたらどうすんねん」

納得がいかない気持ちだったけれど、これ以上朧を怒らせてもよいことはないだろう。俺は黙っておくことにした。

みやびさんのいる部屋に戻り、朧は再び椅子に腰かけて頭を下げる。

「先ほどはこちらの愚鈍《ぐどん》な助手が、余計な口出しをしまして。大変失礼いたしました」

「いいえ、いいんです。本当に好きな人と結ばれないのなら、誰と結婚しても同じですから」

みやびさんは一層陰鬱《いんうつ》な表情で、そう呟いた。

やはり何か訳ありのようだ。気になる……。

朧は俺が口を挟む前に、鑑定を進めることにしたようだ。

「他に心当たりはありませんか？　宝石以外にも、何か家族の思い出の品とか」

そう言われたみやびさんは少し考えた後、口元に手を当てて思い出したように言う。

「あの……、全然関係ないかもしれないんですが」

「ご遠慮なく」

みやびさんは席を立ち上がり、少し離れた場所にある、アンティーク風のかわいらしい白いキャビネットの扉を開く。そして何か、輪っか状のものを持ってきた。輪っかは革製で、くすんだ焦げ茶色だった。

「これは、犬の首輪……ですか？」

こくんと頷いたみやびさんは、遠慮がちに続ける。

「そうです。一ヶ月くらい前に亡くした飼い犬のもので、名前はノアといいました」

「愛犬ですか。それはさぞかし悲しかったでしょう」

朧にそう言われ、彼女は悲しげに眉を寄せる。

「はい。ノアは、私の家族そのものでした。幼い頃からどんな時もずっと、私の側にいてくれて」

みやびさんはさっきのキャビネットから、分厚いアルバムを持ってきた。

アルバムにはたくさんの写真が収められている。

ノアは金色の毛色が美しい、ゴールデンレトリバーだった。大きな身体だが、優しそうな顔つきをしている。

みやびさんが小学校に入学した頃から、ノアはずっと一緒だったようだ。

幼いみやびさんと散歩に行く姿、フリスビーで遊ぶ姿、並んで昼寝をする姿など、どの写真を見ても微笑ましい。みやびさんはだんだん大人の女性に成長していく。並んで写っているノアの姿も、幸せそうだった。

朧はみやびさんに声をかける。

「ノアは、病気で死んでしまったんですか？」

「いいえ、私はその時近くにいなかったのですが、ノアは階段から誤って転落したようです」

「以前からそのようなことがあったのですか？」

みやびさんは首を横に振った。

「いえ、ノアは老犬でしたが、ずっと元気でした。だから、どうしてあんなことになったのか、今でも信じられません。すぐに病院に行ったのですが、内臓の損傷《そんしょう》がひどく、助からなくて……。しばらくは、ショックで毎日のように泣いていました」

みやびさんはその時のことを思い出したのか、少し声を詰まらせた。

「私は聞いたことがないのですが、須藤さんが何か動物のような鳴き声が聞こえると言っていたので、もしかしたらと思って……。おもちゃのボールやエサを入れていたお皿とか、そういうのもありますが……。ノアとの思い出といったら、一番はこれだと思って」

朧は興味深そうに首輪を観察する。首輪の先に、なにかキラリと輝くものが揺れている。

「この首輪についている宝石は、ガーネットですか？」

朧の発言に、俺は驚いて声を上げてしまう。

「えっ、犬の首輪に宝石!? これ、本物の宝石なんですか!?」

「そうです。ほんの小さな石ですが、確かにガーネットです」

犬の首輪にまで宝石がついているなんて、さすがお金持ち。妙なところで感心してしまった。

朧は真剣な声で続ける。

「ガーネットの宝石言葉は真実、情熱。ザクロに似ていることから、日本では石榴石《ざくろいし》とも呼ばれ、実りを意味したりしますね。また一途な愛を象徴したり、血液を連想するとして、生命力を高めるなんて意味もあります」

宝石のことを話してから、朧は納得したように頷いた。

「なるほど。首輪にその飼い犬の……ノアの霊が憑いていますね」

それを聞いたみやびさんは、ぐっと身を乗り出して朧に問う。

「本当ですか!?」

「えぇ。私が力を送りますので、みやびさんにも見えるようになりますよ」

朧が小さく呪文を呟いたかと思うと、人差し指と中指を立て、自分の口元に当てた。

それからみやびさんの顔の周りを一周するように、二本の指で円を描く。

おまけのようにこちらにも視線をやり、ちょんちょんと俺の目蓋にも指を触れる。

すると俺たちの足元に、ふわふわとした光を纏った、金色の大きな犬が現れた。

「あぁ、ノア！」

みやびさんは涙を流しながら、ノアを抱きしめる。

「あなた、ずっと側にいてくれたの？」

そう問いかけられ、ノアはみやびさんの頬を舐《な》める。本当に飼い主のことが好きだったのだろう。

みやびさんは慈しむようにノアを撫でて、再びノアに首輪をつけた。

「朧、ノアが成仏《じょうぶつ》したら、怪奇現象はなくなるのか？」

「あぁ、そうだろうな」

「でもせっかくみやびさんに会えたのに、すぐに除霊するなんて可哀想だ」

ノアは穏やかで賢そうな顔をしている。実際利口なのだろう。無駄に吠えたりせず、大人しく座っている。

「榊原さん、ノアはどうなるんですか？」

朧は不安そうなみやびさんに説明する。

「安心してください、無理矢理除霊するようなことはしません。もちろんみやびさんがご希望なら、今すぐに祓うこともできます。その場合は、ノアを苦しめる形にはなりますが……」

「いいえ、私はこのままずっと、ノアの側にいたいくらいです！」

ノアはまるでみやびさんに話しかけるように、一声ワン！と吠えた。

俺はその様子を見て、首を傾げる。

「もしかしてノア、伝えたいことがあるのかな？　だからこの世に留まっていたとか？」

それを聞いたみやびさんは、瞳をうるませながら熱心に朧に問う。

「伝えたいこと……？　私、ノアの気持ちが知りたいですっ！　榊原さん、ノアの言葉は分かりませんか⁉」

朧は苦笑いしながら言った。

「さすがに、私にも犬の言葉は分かりかねます」

様子を見ていると、ノアが何だかそわそわしているのに気づいた。

「どうしたんだ？　もしかして、どこかに出かけたいのかな？」

それを聞いたみやびさんは、生き生きと瞳を輝かせる。

「あの、少しだけ待っていてください！　私、ノアと出かける準備をしてまいります！」

みやびさんが慌てて部屋を出ていくと、朧は気が抜けたように、だるそうに脱力した。

「シバコロ、お前よくこの犬が出かけたいって分かったな。飼い主でさえ分からんかったのに」

俺はノアの近くに跪《ひざまず》いて、よしよしと頭を撫でる。やっぱり大きな犬っていいな。

「俺、昔から犬が好きなんだ。家では飼えなかったけど、ずっと飼いたかったたし。だからってわけじゃないけど、ノアに心残りがあるのなら、その気持ちを分かってやりたい。なぁ、ノア？」

そう問いかけると、ノアは俺に向かってはふはふと尻尾を振る。本当に賢い犬だ。

俺の言うことを、ちゃんと理解しているみたいだ。

それを見た朧は、ふっと嫌味っぽく笑って言った。

「さすが犬同士、よく心が通じ合うんですね」

「俺は犬じゃないっ！」

それから俺たち三人はノアに導かれ、外に出かけることになった。

ノアは時折くんくんと地面の匂いを嗅《か》ぎながら、道を進んでいく。

かれこれ一時間は歩いただろうか。みやびさんは久しぶりの散歩が嬉しいのだろう、鼻歌交じりで楽しそうにしている。一方で限界っぽいのは朧だった。恨めしそうな目で、俺を睨んでくる。そんな顔で見られても……。っていうか体力全然ないな、朧。

やがて俺たちは、小さなアパートの前に到着した。築数十年は経っていそうな、古めかしい建物だ。

ノアはアパートの前でお座りし、尻尾を振っている。

その建物を見て、みやびさんは驚いた顔をした。

「ここは……！」

「お知り合いの家ですか？」

「おそらく。住所が確かこのあたりだと聞いていたので、もしかしたらと思ったのですが。ノア、あなた彼の匂いを覚えていたの？」

ノアは嬉しそうに「ワン！」と鳴き声を上げた。

「とにかく、行ってみましょうか」

すると、それまでうきうきした様子だったみやびさんは、困ったように顔をしかめて俺たちを引き止める。

「ちょ、ちょっと待って！　もしここに本当に彼がいるのだとしたら、心の準備がしたいです！」

「心の準備？　苦手な人でもいるんですか？」

俺が質問すると、みやびさんは視線を落とした。

「いえ……すみません。今さら往生際《おうじょうぎわ》が悪いですよね」

みやびさんは俺と朧の後ろに隠れるように、こそこそとついてくる。

朧と俺は、ノアが示している部屋のインターホンを鳴らした。

「……はい、どなたですか？」

扉が小さく開き、若い男性が現れる。男性は俺たちのことをあきらかに不審がっていた。

生真面目そうな男だった。精度の高い機械のように、どこか冷淡な印象さえ受ける。鋭く冴えた目元に、血管が透けて見える程の青白い肌は、不健康そうでもあった。

朧は一瞬考えた後、にこやかに彼に話しかける。

「どうも、初めまして。私、みやびさんの知り合いでして」

それを聞いた瞬間、さっきまでは眉一つ動かさなかった男の顔に、明らかに動揺の色が浮かぶ。男は朧の肩をつかんで必死に問い質《ただ》した。

「みやびさんって……わざわざここまで来るってことは、まさかお嬢様に、何かあったのですか!?」

朧は深刻な表情で男の声に答える。

「はい、それはもう、大変なことに」

「大変なことって、どうしたんですか!?」

「みやびさんは、実は……いえ、私の口からは、とても言えません」

「どういうことですか!?」

朧、ちょっと面白がってないか？

「とにかく……、今すぐあなたに来ていただいた方がいいかと思います」

「一体何があったって言うんです!?　ふざけていないで、教えてくださいっ！」

男が勢い余って部屋を出ると、俺たちの後ろに立っていたみやびさんに気がついたようだ。

みやびさんはきまりが悪そうに、小さく肩をすくめた。

「えっと……ごめんなさい、急に来てしまって。久しぶりね、常磐《ときわ》」

「お嬢様、どうしてここに？」

お嬢様って呼び方をするということは……？　俺は常磐さんに質問する。

「あなたは以前、みやびさんのお家で働いていたんですか？」

その質問にはみやびさんが答えた。

「えぇ、そうです。常磐は少し前まで、私の家の使用人でした」

彼女も常磐さんに会うのは久しぶりだったようだ。懐かしそうに、やわらかい表情になる。その眼差《まなざ》しからは、彼への親愛の情が伝わってくる。

けれど嬉しそうなのと同時に、どこかさみしさを含んだ表情でもあった。心の準備が必要だと言っていたし、彼と何かあったのだろうか。

須藤と会っていた時の人形みたいだったみやびさんとは、えらい違いだ。

みやびさんは遠慮がちに、常磐さんに声をかけた。

「仕事をやめてから、全然連絡をくれないんだもの。心配だったわ」

「申し訳ありません。お嬢様も……、その、ご結婚の準備でお忙しいと思いまして」

常盤さんは苦々しい顔をする。そう言われたみやびさんも、表情を曇らせた。

後ろでずっと彼らを待っていたノアが、「ワン！」と声を上げた。それを聞いた常盤さんは、驚いたように目を見開く。

「今、ノアの声が……。いえ、すみません。ノアは、もう死んでしまったんですよね」

朧が小さな声で呪文を唱え、人差し指と中指で、常盤さんの顔の周りに円を描く。

すると常盤さんにも、ノアの姿が見えるようになったようだ。

「ノア！」

常磐さんはノアの近くに跪いて、慈しむように優しく頭を撫でる。

「確かにノアだ。信じられない……どうしてここにいるんですか？」

ノアは彼のことを心から好いているようだ。ぶんぶんと尻尾を振って、嬉しそうに足にまとわりつく。

「本物のノアですよ。霊体ですが」

そう朧が告げると、常磐さんは目を見開いて朧を見上げる。

「どういうことですか？」

みやびさんが俺たちのことを紹介した。

「彼は榊原さん。陰陽師なの。隣にいるのは、助手の志波さん」

常磐さんは訝《いぶか》しげに俺たちを観察する。

「陰陽師って……お嬢様、人が好《よ》いから騙されているのでは」

「違うわよ！　現に常磐にだって、ノアが見えるようになったでしょう？」

「それは、確かにそうですが……」

常磐さんは半信半疑だが、さすがに自分がノアを目の前にしているので、信じざるを得ないといった感じだ。

みやびさんは少しさみしげな表情で、常磐さんを見つめる。

「ノアが、あなたに会いたがっていたみたいなの」

「私に？　どうして？」

朧がその話を引き継いだ。

「みやびさんがご結婚を決めた頃から、怪奇現象が起こるようになったそうです。婚約者の須藤様が服を食いちぎられたり、動物の鳴き声が聞こえたりするとおっしゃるので、ノアの首輪を霊視したところ、やはりノアは何か未練があり、この世に留まっていました」

常磐さんは複雑そうな顔でノアを見下ろし、やがて微笑んだ。

「それでノアは、私のところに来てくれたんですか？　にわかには信じがたいですが……もう二度と会えないはずのノアに再会できたのは、素直に嬉しいです」

さっきまでの常磐さんはどこか近寄りがたい雰囲気だったが、こうやって笑うと好青年だ。朧と同じように、公私をハッキリ分けているのかもしれない。

朧は常磐さんとみやびさんの二人に視線をやりながら、言葉を続ける。

「先ほどお伝えしようかどうか迷ったのですが……ガーネットの首輪から、みやびさん以外の誰かの、強い想いがかすかに感じられました。だからみやびさんの他にも、同じくらいノアを大切にしていた人がいたのではないかと考えたんです。それが、おそらく常盤さんなんですね？」

俺は常磐さんに訴えた。

「ノア、常磐さんのことが大好きみたいだから。きっと常磐さんとみやびさんに、何か伝えたいことがあると思うんです。二人には、分かりませんか？」

さっき会った時はお互いに嬉しさを滲《にじ》ませていたのに、みやびさんと常磐さんは難しい表情で押し黙ってしまった。嫌っているとか、話したくないとか、そういう感じではない。お互いに言いたいことがあるけれど、口に出せないような雰囲気だ。

俺はじれったくなって、思い切って二人に声をかける。

「俺は部外者だから気の利いたこと、言えないんですけど……。二人とも、せっかくの機会だから、言いたいことを全部伝えた方がいいんじゃないですか？」

そう話すと、常磐さんは少し困惑したような、怒ったような声で答える。

「今さら、何をですか？」

「それは、俺には分からないけど……みやびさんも何だか訳ありみたいだし。事情があるんじゃないですか？」

二人の間には沈黙が流れ、互いに意地を張ったように俯いてしまう。

俺はやきもきしてきた。ノアも心配そうに、二人の周りをぐるぐる回っている。

事情は分からないけれど、じれったい。二人とも、素直になればいいのに！

さらに彼らを追及しようとして、俺はハッとして朧の様子をうかがう。また「余計なことをするな！」って怒られるかと思った……のだが、幸い朧は怒っていない様子だった。腕を組み、面白がって俺のことを見物している。むしろ何か期待しているような印象さえ受ける。とにかく、このまま続けても大丈夫ってことかな？

「二人とも、ノアがこうやって見える時間なんて、ずっと続かないんですよ！　せっかくノアが二人を引き会わせてくれたのに、それでいいんですか!?」

俺は両親や祖父のことを思い出して言った。

「……俺も、朧に助けてもらったんです。大切な時計に、祖父の霊が憑いていて」

みやびさんは俺を気づかうように言った。

「まぁ、お爺さまの？」

「はい。俺、祖父のことを、ずっと誤解して嫌っていて。ずいぶんひどいことも言いました。祖父の死後、ずっと俺を大切に思ってくれていたことを知って、やっと謝ることができたんです。朧のおかげで祖父の本心が分かったけど、もう祖父は死んでしまったから……。生きているうちに和解すれば、もっといろいろ話したり、一緒に過ごしたりできたはずなのに」

常磐さんは沈痛《ちんつう》な面持ちで、考え込むように眉間《みけん》を寄せる。

「会いたいと思った時、必ずその人に会えるとは限らないんです！　大切な人に伝えたいことがあるなら、今言わないと、一生後悔することになるかもしれません！」

それを聞いたみやびさんは、ノアの頭を撫でながら、切なそうに小さな声で呟いた。

「ありがとうございます、志波さん。そうですね、伝えたいことは、言葉にしないといけないんですよね」

みやびさんは小さく息を吸い込み、決意したようにまっすぐに常磐さんを見つめる。

「……常磐。私、ずっとあなたに会いにきたかったわ。なのに勇気が出なくて、ノアに連れてこられないと、一人でここまで来ることもできなかったけれど」

「それは、私だって」

朧が常磐さんに問いかける。

「常磐さんは、みやびさんの家で働いていたのですよね？」

「はい。お恥ずかしい話ですが、私の父は、昔知人に騙されて多額の借金を背負わされて困窮《こんきゅう》しておりました。そんな父と私を助けてくださったのが、明月院家の当主である、お嬢様のお父様なんです。幼い頃から、父と共に明月院家の離れに住まわせていただき、使用人としてお嬢様のお世話をさせていただいていました」

それを聞いた朧は、ストレートに言う。

「つまり、常磐さんはみやびさんのことを好きだということですか？」

「なっ……！」

それまで落ち着いた表情だった常磐さんは、その言葉に顔を赤くする。

朧はまったく悪びれもせず、にこやかに微笑む。

「申し訳ありません、お二人の様子から、そういう風にしか思えなくて」

——朧、面倒くさいから話をさっさとまとめようとしてるな。

それを聞いたみやびさんが、切なそうに眉を寄せる。

「そっ、そんなわけ、ないじゃないですか。常磐が私を好きなはず、ありません……」

常磐さんは一度、彼女に同調しようとし……足元で心配そうに常磐さんを見上げるノアに視線をやった。

彼らの気持ちは、恋愛事に疎《うと》い俺でも一目瞭然《いちもくりょうぜん》だった。

常磐さんもみやびさんも、互いのことが好きなのだろう。

二人の言葉は距離を取ろうとしているし、互いに顔すら見ようとしない。いや、相手を想うあまり、まともに目を合わせられないのかもしれない。

それでも二人の表情には、相手への愛しさが溢れていた。

やがて、常磐さんはきっぱりと言い切った。深い崖《がけ》に身を投げると決めたような、潔い顔だった。

「……いえ、間違っていません。私は何年も前から、お嬢様をお慕《した》いしておりました」

みやびさんは信じられないというように、目を見開く。

「嘘！　そんな素振り、全然なかったわ」

「ぇぇ、必死に隠していましたから。明月院家の方には、ご恩しかありません。使用人として働かせていただいただけでもありがたいのに、お嬢様を想うなんて、許されるはずがありません。だから一生打ち明けずに、お嬢様の前から消えるつもりだったのですが……」

「常盤、あなたそれでわざと黙って、突然姿を消したの？」

「はい。お嬢様から離れれば、この気持ちも消えてなくなると考え、明月院家を出ました。ちょうど須藤様とのお見合いの話も持ち上がり、須藤様とご結婚されれば、お嬢様は幸せになれると考えたのです」

みやびさんは傷ついたような表情で、自分の手を固く握りしめる。それでも黙って常磐さんの話に耳を傾けていた。

「父の借金も無事返済しましたし、大分にいる友人が開く旅館で働かせてもらうつもりです」

それを聞いたみやびさんは戸惑いながらも、笑顔を作る。

「そうなの……じゃあ、このアパートも出ていってしまうの？」

「はい。荷造りは終わっています。来週には、ここを引き払う予定です」

それを聞いたみやびさんは、ハッキリとした声で言った。彼女の顔つきから、強い覚悟を感じる。

「それなら私、常磐についていく！　私もあなたと一緒に行くわ！」

「何を言っているんですか！」

「私も常磐と一緒に、旅館で働く！　新しい旅館なら、人手が足りないでしょう？」

「確かに従業員が足りないので、友人も人を雇いたいとは話していましたが……いや、そんなことを言っているんじゃありません」

「私、掃除でも雑用でも、何だってやるわ！」

「無理に決まってるでしょう。あなたが想像しているより、ずっと大変な仕事です。休みだってないかもしれない。お嬢様を働かせられるわけがありません」

きっぱりと断ってから、常磐さんは懐かしそうにほんの少し口角を上げる。

「まったく、お嬢様は昔から、一度言い出したら聞き分けがないんですから」

「分からず屋はあなたでしょう！　私だってずっと、常磐のことが好きだったのに！」

想像もつかない言葉だったのか、常磐さんは呼吸が止まったかのように硬直している。

大変なことになってしまった。人の告白を目の前で見るのなんて、初めてだ。俺はそわそわしてしまう。というか、俺たち邪魔じゃないだろうか。常磐さんとみやびさんの二人だけにしてあげた方がいいんじゃないだろうか？

助けを求めて朧の様子をうかがうが、退屈そうにノアの顎の下を撫でていた。

仕方ないので、俺はせめて二人の邪魔にならないように、気配を消すことにした。

常磐さんとみやびさんの会話は続く。

「好きって……私をですか？」

「そうよ。ずっとずっと、好きだったのは私の方。なのにあなたは、全然気づかなくって……」

みやびさんは懐かしむような表情で言葉を続ける。

「私が小学生の時、ノアを飼うことになったでしょう。それで、常磐と一緒に首輪を選びにいったことを覚えている？」

「はい」

「常磐は『このガーネットの首輪はどうですか』って言ったの。『どうしてって聞いたら、『ガーネットはノアの方舟《はこぶね》で、暗闇を照らす灯火《ともしび》の代わりにされたという伝説があります。だからお嬢様が困っている時、この子犬が灯火のように、寄り添ってあげられる存在になったらいいですね』って、そう言って、ノアの頭を撫でていた。ノアの名前が決まったのも、その時だったでしょう」

「それは、そうですけれど……よくそんな昔のこと、覚えていましたね」

みやびさんは顔を赤くし、泣きそうな声で呟いた。

「常磐のことなら、どんな昔のことだって、全部覚えているわ。常磐は、歳が四つしか離れていないのに、いつも難しい顔をしていて、何を考えているのか分からなくて。大人っぽいと思ったし、最初は少し怖かった。だけどノアを飼うことになった時、分かりにくいだけで、本当は優しい人なんだって気がついた。常磐はいつも、私を大切にしてくれた。それと同時に、私は常磐が好きだって分かったの」

「どうして今さら……」

「だって、常磐が私に冷たくするから！」

「冷たくなんてしていないでしょう」

「婚約の話が出た時、私になんて言ったか覚えている？」

彼はハッとしたように口を噤《つぐ》む。

「簡単に婚約をやめられないことは分かったいた。けれど、あなたが婚約を止めてくれたら、私、すべてを投げうってでも、常磐が好きだと打ち明けるつもりだったのに。なのにあなた、私が『婚約の話をどう思う？』って聞いたら――」

その時のことを思い出したのか、みやびさんはつらそうに顔を歪《ゆが》める。

「そうしたら、『お嬢様が幸せになれるのならいいと思います。私には関係ありませんし、私が口出しすることでもありません』って、ピシャリと言い切られて。それからずっと素っ気ない態度だし、あぁ、私は常磐に嫌われているんだと思ったわ」

みやびさんは涙を堪えるように、俯いて自分の顔を隠す。

「その後すぐに屋敷を出るって聞いて、常磐は私の顔も見たくないのかと」

「あれは……嫉妬《しっと》していたんです。お嬢様に自分の思いを告げる勇気もないくせに、あなたが他の誰かと結婚する姿を見たくなかったんです」

そう言って、常磐さんは薄く微笑む。

「情けないと思われましたか？」

みやびさんはふるふると首を横に振る。

「勇気がなかったのは、私も同じよ。最初から婚約の話を断って、あなたを好きだと言えばよかった」

よかった、ちゃんと気持ちが通じ合ったみたいだ。ハラハラしながら二人を見守っていた俺は、安堵《あんど》した。

それまで黙っていた朧は、やわらかい声音で二人に話しかける。

「ノアはおそらく、あなたたちが惹かれ合ってることを知っていたのでしょうね」

朧はノアの首輪で光るガーネットを指で撫でながら言う。

「ガーネットの宝石言葉には、『変わらない愛情』という意味もあります。きっと自分を大切に育ててくれたあなたたち二人が離ればなれになってしまうのを、ノアは見過ごせなかったのでしょう」

みやびさんはポロポロと涙を流しながら、ノアのことをぎゅっと抱きしめた。

「ありがとう、ノア……。死んでしまってもずっと私のことを、心配していてくれたのね」

常磐さんも照れくさそうにノアのことを見つめる。

「実は私もよく、ノアにお嬢様の話をしていました。私たちのことを思って、ここまで導いてくれたんですね。ありがとう、ノア」

ノアは褒められたのが嬉しかったのか、ワン！といい声で鳴いた。

「さて、お二人はこれからどうなさいますか？」

みやびさんは心に決めたようで、常盤さんを見て微笑んだ。

「私、常磐についていきたいです。須藤様にも、お父様にも迷惑をかけてしまって申し訳ないけれど……。もう自分の気持ちに嘘を吐くのはやめます。やっぱり私、本当に好きな人の側にいたい」

常磐さんも彼女の言葉に頷いた。

「私もお嬢様の側にいたいです」

みやびさんは常磐さんに向かって、ハッキリとした声で言う。

「お父様に、すべてを話にいきましょう」

常磐さんも毅然《きぜん》とした表情で頷く。

「はい。でも、本当にいいのですか？　許してもらえるかどうか分かりません。私はともかく、そうなった場合、お嬢様はもちろん、明月院家としても多くのものを失うのではないですか？」

確かに、一方的な婚約破棄の場合、相応の慰謝料《いしゃりょう》が発生する。それに明月院建設は、須藤に多額の資産を融資してもらっていると話していた。みやびさんと常磐さんが結ばれることで、その援助も打ち切られる可能性は高い。

しかしみやびさんは凜《りん》とした表情で常磐さんの手を取った。

「あなたとノアがいてくれれば、それで十分よ。私はもう、他に何もいらないわ」

常磐さんはみやびさんのことを、強く抱きしめた。

俺は二人の会話に感動して、思わずもらい泣きしてしまう。

朧が俺にだけ聞こえるように、ぼそりと呟いた。

「何でお前が泣いてんねん」

「だって、よかったじゃん。ノアがいなかったら、二人ともこのまま二度と会えなかったかもしれないんだよ。よかったなぁ、ほんとによかった」

朧は苦笑して、しょうがないな、と口元を上げた。

ただ、二人が結ばれたのはめでたいことだが、問題はたくさん残っている。本当に大丈夫なんだろうか。

みやびさんと常磐さんは、このまま明月院家の当主に、須藤との婚約を破棄することと、これからのことを説得に行くと言う。

俺と朧はどうしようかと考えていると、今までしっかりと実在を伴っていたノアの身体が、徐々に透け始めた。

みやびさんは青ざめた顔で、ノアの顔に触れる。

「榊原さん、ノアが……！　ノアが、消えてしまいそうです！　どうしてですか!?」

そう問われた朧は、申し訳なさそうに目を細める。

「消えかけていたノアの魂をこの世に結びつけているのは、偏《ひとえ》にあなたに幸せになってもらいたいという願いだけです。その願いが叶えば、ノアはもう現世に留まっていられないでしょう」

「そんな……幽霊のまま、ずっと近くにいてもらうことはできないのですか？」

それを眺めながら、朧は続けた。

「みやびさん、お気持ちは分かりますが、このまま成仏した方がノアのためにもなります。魂というのは、不安定なもの。肉体がないのに魂だけの状態で存在していれば、いずれ悪霊になってしまいます。ノアがノアのままでいられるうちに、成仏させてあげた方がいい」

みやびさんはボロボロと涙を流しながら、さっきよりも強くノアを抱きしめる。

「もう、お別れなのね。ノア、ありがとう、大好きよ。もっと、あなたと一緒にいたかった。小さな頃から、ずっと守ってくれてありがとう。あなたが常磐ともう一度巡り合わせてくれたから、私、きっと幸せになるわ。だからノア、どうか……、どうか、ゆっくりと眠ってね」

ノアは彼女を労《いたわ》るように優しく鳴いて、またみやびさんの頬を舐めた。

愛する人たちに囲まれ、ノアの姿は眩い光に包まれ、やがて完全に消えてしまった。

その場には、ガーネットの首輪だけが残った。

みやびさんと常磐さんと別れた後、朧は車に乗ると俺に言った。

「志波、もう一ヶ所行かなアカンとこがあんねん」

「いいけど、どこに行くの？」

朧はカーナビに住所を登録する。

「ここや」

俺は登録された場所を見て、嫌だなぁと顔をしかめた。

数十分車を走らせ、到着したのはSUDOU自動車の本社だった。都会の一等地にある、三十階立ての大きなビルだ。

朧が受付の女性に話しかけると、数分で須藤が姿を現した。

「おや、さっきの陰陽師君じゃないか。早速うちの新車を見に来たのかい？」

須藤は仕事が順調なのか、鼻歌でも歌いそうなほどに上機嫌だ。

「お忙しいところ申し訳ありません。いえ、今日はそれよりももっと大切なお話があってうかがいました」

「ふうん？　少しだけならいいよ。空いてる会議室に案内しよう。ただし、僕は忙しいからね。そんなに長々とは話せないけど」

「もちろんです」

俺たちはエレベーターで高層階に移動し、須藤の後に続いて、広々とした会議室に案内された。

部屋の中央には長方形の大きな机が置かれ、その周囲を囲むようにオフィスチェアが並んでいる。

須藤は上座にある椅子に堂々と腰かけた。

「それで、いったい何の話なんだい？」

朧は須藤の正面に立ち、落ち着いた様子で話し出した。俺は朧の後ろで、じっと二人の様子を見守る。

「みやびさんと婚約が決まった頃から、何者かに噛みつかれたり、獣の鳴き声が聞こえるというお話でしたよね？」

「そうだよ。厄介《やっかい》だよね、本当に。もしかして、悪霊の正体が分かったのかな？」

朧は貼りつけたような、冷たい笑みを浮かべて言う。

「私に聞かずとも、本当は怪奇現象がどうして起こるのかを、とっくにお分かりなんでしょう？」

その瞳に浮かんだ苛烈《かれつ》な怒りに気づき、俺は背筋が冷たくなった。

——声を荒らげたりはしていないが、朧はきっとひどく怒っている。でも、どうしてここまで憤っているんだ？

須藤も朧のただならぬ様子に気がついたのか、動揺して声が揺らいでいる。

「何のことだい？　原因が分からないから、陰陽師の君に依頼したんだろう」

「あの鳴き声の正体は、ノアだったんです。須藤さん、ノアはどうして死んでしまったんでしょう？」

須藤は狼狽えた様子で、首を横に振る。

「しっ、知らない、そんな犬のことなんか……！」

朧は自分に立ち塞がるものすべてを射貫くような瞳で、須藤を睨みつける。

「ノアは、二つの真実を伝えるために、死してなおこの世に留まりました。一つは、みやびさんの本心。そして、もう一つは——須藤さん、この期に及んでまだご自分で白状する気にはなりませんか？」

「知らないっ！　僕は、何もしてない！　勝手にあの犬が死んだんだ！」

驚いた俺は、朧に質問する。

「朧、どういうことだ!?　みやびさんは、ノアは階段から落ちて死んだって言ってただろ!?　違うのか!?」

「明月院家に行く前に、いろいろ調べたんや。明月院家の住人のことはもちろん、一人娘のみやびさんと婚約しとる相手のこともな。そうしたら、気になる噂が耳に入った」

「噂？」

「数ヶ月前、みやびさんと須藤さんの婚約が決まった時、身内に発表するためにパーティーを開いたらしいんや」

朧は冷え冷えとした視線で須藤を貫く。

「あなたはそのパーティーで、二宮《にのみや》さんというメイドの女性に強引に言い寄ったらしいですね。『愛人の一人にしてあげる』と仰《おっしゃ》っていたそうで？」

俺は信じられないと思って、露骨に顔をしかめた。

「それって、みやびさんと婚約しているのに、よりによって明月院家のメイドを誘ったってことだよな？　しかも婚約発表のパーティーで!?」

さすがに見境《みさかい》がなさすぎる。

「そうや。メイドの女性はもちろん迷惑に思ったけど、相手がお嬢様の婚約者やから、はねつけるのも難しくて、困っとったらしい」

「ちっ、違う！　全部その女のでたらめだ！」

須藤が抗議しようとするが、朧が邪魔をするなというように再び強い視線を向けると、彼は怯えた顔で黙り込んでしまった。気持ちは分からなくもない。朧の本気で怒った顔、めちゃくちゃ怖い。

「でたらめなんかじゃありませんよ。現に、二宮さんが言い寄られて迷惑しているのを目撃した人が、何人もいらっしゃるようです。それにあなた、二宮さんに声をかける前に、他の女性たちにも同じようなことを繰り返していましたね？」

「僕がそんな女を本気で相手にするわけないだろう！　その、あの時は少し酔っていたんだ！」

須藤は言い訳するが、心証は最悪だ。

朧は淡々とした口調で話を続ける。感情のこもっていない声が、逆に怖かった。

「二宮さんは、全部正直に話してくれましたよ。何度断っても、酔っ払ったあなたは、まったく聞き入れてくれなかったと。強引に手を引かれて困っていたところを、ノアが助けてくれたのだと」

「ノアが？」

「あぁ。ノアは大声で吠え、須藤さんに噛みつく振りをして、威嚇《いかく》しましたね？　賢い犬です。本当に噛むつもりはなかったのでしょう。あなたが激しく足で振り払った拍子に投げ飛ばされ、ノアは階段から落下しました。そして……」

俺は顔を引きつらせ、声を荒らげて須藤を非難する。

「ノアが急死したのは、あんたのせいだったのか⁉」

「い、いやいや、僕だってわざと蹴ったわけじゃないんだよ⁉　こう、軽くね、足を振っただけなんだけど。打ちどころが悪かったのかな？」

俺は穏やかに尻尾を振っていたノアの姿を思い出して、胸が詰まった。

「ひどい……ノアはみやびさんのこと、大好きだったのに……！　もっと一緒にいたかったはずなのに！」

朧は腕を組んで、須藤を問い詰める。

「みやびさんも、ノアの死因について、ずっと不思議がっていたそうですね。ノアは老犬だとはいえ、元気で、今まで高い場所から落ちるようなことなど、一度もなかったと言っていました。すぐに病院に行ったけれど、内臓破裂と診断されて、息を引き取ってしまった」

おかしいと思って当たり前だ。ノアの死は、事故じゃなかったのだから。

「二宮さんは、私にこの話をした時、ほっとした様子でしたよ？　『誰かにこの話をしたら、婚約の話はなくなる。お前のせいでみやびさんと婚約破棄になったら、その責任を取れるのか』とあなたに脅迫《きょうはく》され、ずっと苦しんでいたようですからね」

俺は怒りにまかせて須藤に詰め寄り、彼の襟首をつかんで叫んだ。

「今すぐみやびさんに、本当のことを話せよっ！」

「し、知るか！　僕は何も悪くない！　全部、あの犬が勝手にやったことだ！」

「お前っ、まだそんなことを……！」

須藤に殴りかかろうとした俺を、朧が静止する。

朧は落ち着いた声で、呪文を唱えた。

瞬間、須藤の周囲に真っ黒な文字が円を描いて浮かび上がり、ドロリと溶ける。

朧が術を使ったのと同時に、須藤は真っ青な顔になり、両手で自分の耳を押さえて叫び出した。

「何だ!?　い、犬の鳴き声が……！　犬の鳴き声がする！」

俺は驚いて周囲を見回した。

「何も聞こえないけど……」

「そんなわけないだろ！　聞こえる、聞こえるんだ！　ずっと、頭の中で犬が大声で吠えている！」

須藤はゼエゼエと息を吐きながら、床に縮こまり、ガタガタと震えている。

「やめろ、頭が割れそうだ！　やめろーーーーーーーっ！」

大人の男がこんな風になってしまうなんて、一体須藤にはどんな恐ろしい鳴き声が聞こえているのだろうか。想像するだけでぞっとした。

朧は能面《のうめん》のような冷たい表情で、足元にうずくまる須藤を見下ろす。

「須藤さん、悪いことは言いません。あなたがしたことを、すべて明月院家の当主に白状し、みやびさんとの婚約を解消しなさい。そうしないと、この鳴き声は永遠にあなたにつきまといますよ」

「わ、分かった！　きちんと打ち明ける！　全部話すから、もうやめてくれっ！」

悲鳴を上げながら、須藤は会議室を飛び出した。

驚いた社員が、彼に声をかける。

「副社長、どうなさったんですか!?」

「すぐに明月院家に向かってくれ！　早く、早く車を用意しろっ！」

怒鳴りつけられた社員は、焦った様子で彼の命令に従う。

それを見届けた朧は溜め息を吐いて、俺に声をかけた。

「さ、仕事も片付いたし、俺たちも帰るか」

「え、須藤すごい状態だったけど、ほっといて大丈夫なのか？　あれ、朧の術のせいなんだろ？」

「あぁ、でも三日くらいしたら勝手に解けるようになっとるし、気にせんでええわ」

「三日は続くんだ……」

俺は朧のことは敵に回したくないなぁ、と改めて思ったのだった。


その後、俺と朧は事務所に戻ってきた。

なんだかいろいろあって、長い一日だった。高級車を運転するのは神経を使うし。

朧はソファに座り、平然とした様子で次の仕事の資料に目を通している。

今日一日で、今まで見たことのない朧を、少しだけ知った気がする。

俺はソファの後ろから朧のことを覗き込んだ。

「なぁ朧、いつから須藤が怪しいと思ってたんだ？」

朧はこちらを見上げて言った。

「最初からやな」

「えっ、そうなの⁉　何で⁉　ノアの記憶が伝わってきたから？」

「それもあるけど、須藤が動物の吠える声が聞こえる言うてたから、何となく恨まれてるんやないかと思たんや。自分の飼い犬ならともかく、婚約者の犬の、しかも唸り声が聞こえるなんて、おかしいやん。いかにも恨み買いそうな性格やったしなー」

俺は感心して溜め息を吐いた。

「そうなんだ。みやびさんと常磐さんが両思いってことも初めから分かってたみたいだし、すごいな」

俺はニコニコしながら朧に言った。

「でも嬉しかったな。朧、仕事だからさっさと除霊するかと思ったけど、ちゃんとノアの気持ちを汲んでくれたからさ。伝えたいことを全部伝えてから成仏できたから、ノアもきっと、安心して天国に行けたよな。ありがとう、朧」

朧はふんとそっぽを向く。

「別にお前が礼言うことでもないやろ。褒めても何も出ぇへんで」

だって、本当に嬉しかったんだ。

俺は幸せそうにみやびさんに抱きしめられるノアの姿を思い出して、温かい気持ちになった。

それと同時に須藤のことを思い出し、複雑になる。

「これでとりあえず、須藤とみやびさんの婚約は解消だよね」

「まぁそうなるやろうな」

それはめでたいことだけど、みやびさんはノアが死んだ本当の原因を知ってしまう。

きっとみやびさんは、胸が潰れるほど悲しむだろう。

真実を知って傷つくのと、真実を知らずに平和に過ごすこと、どちらが幸せなのだろう。

「それに須藤から明月院家への援助は、打ち切られるかもしれないね」

「そこまでは面倒見きれんわ。後のことは自分らでどうにかするやろ。あんな男の援助がなかったら潰れるような会社なら、さっさと潰した方がええんちゃうか？」

俺は朧のドライな態度に半ば感心してしまう。

「朧って、優しいのか冷たいのかよく分かんないよね」

依頼を解決してから数ヶ月後、俺たちはみやびさんと常磐さんの結婚式に招待されていた。

たくさんの花と緑に囲まれた式場に、眩しい太陽の光が降り注いでいる。会場は大勢のゲストで賑わっていた。

「俺、結婚式に出席するのって初めてだ」

「さすが金持ちの結婚式だけあって、何もかもが豪華やな」

やがてみやびさんと常磐さんから控え室に呼ばれた。

みやびさんは純白のウエディングドレスを纏い、俺たちの姿を見つけると、嬉しそうに微笑んだ。

朧はよそいきの顔で彼女たちにお祝いを告げる。

「ご結婚おめでとうございます。本日はお招きいただき、ありがとうございます」

朧に続き、俺も祝福した。

「みやびさん、常磐さん、おめでとうございます。ウエディングドレス、すごく綺麗です。本当にお姫様みたいだ」

「ふふ、ありがとうございます」

やはりずっと好きだった人と結婚するからだろう。彼女はとびきりの笑顔で、キラキラ輝いているように見える。

「結婚後は、旅館で働くんですよね？」

「ええ。やっぱりこっちの生活とはいろいろ違うけれど、みなさんいい方だし、何とか頑張っていけそう」

彼女はそう言って微笑んで、常磐さんと顔を見合わせる。

世間話をしていたら、いつの間にか朧が姿を消していた。

「あれ、どこ行ったんだろ」

近くを探すと、部屋の前でじっと何かを見ている朧の姿を見つけた。

部屋の入り口には、ドレスとタキシードを着て並んだ、二匹の犬のウエディングドールが飾られていた。ふわふわのもこもこで、とてもかわいらしい。

俺の後ろにいたみやびさんはパチパチと瞬きし、朧に問いかける。

「榊原さん、先ほどからそちらのぬいぐるみをじっと見ていらしたようですが、よかったら、差し上げましょうか？」

俺はみやびさんの提案にぎょっとした。さすがに守銭奴《しゅせんど》の朧でも、ぬいぐるみなんていらないんじゃないかな。

そう思ったけれど、朧はまんざらでもなさそうな様子だった。

「えっ、いえ、でも……ご迷惑では」

珍しく照れたように顔を強張らせ、みやびさんと犬のぬいぐるみを見比べている。

まるで欲しがっているものを突然プレゼントされた子供のようだ。

「ふふ、遠慮せずどうぞ。似たようなものが、家にもたくさん届いていますから」

「本当ですか？　その……ありがとうございます」

朧はどうしようか迷っていたようだが、結局二匹のぬいぐるみを受け取り、ぎゅっと抱きしめる。

その様子が何だかかわいらしくて、俺はついニヤニヤしてしまう。

それに気づいた朧は、むっとした顔でこちらを睨んだ。

「何やねん」

「いや、朧がぬいぐるみを喜ぶなんて、意外だったから」

「別に、喜んでなんかないわ。貰えるもんなら何でも貰うってだけや」

とか言いつつ、しっかりぬいぐるみを抱きしめているけど……。

みやびさんが薬指につけていたのは、赤い宝石。ガーネットの指輪だった。

「結婚指輪、ガーネットなんですね」

俺が訊ねると、常磐さんは嬉しそうに彼女の指輪を見つめる。

「二人の……いえ、私たちとノアの、思い出の宝石でもありますから」

みやびさんはノアのことを懐かしむように、目を細めて言う。

「私たちが今こうしていられるのは、全部ノアのおかげです。これからもずっと、ノアのことを忘れないように、ガーネットの指輪にしたんです」

そう言ってから、みやびさんは明るい表情で俺のことを見上げた。

「それに志波さんも、ありがとう」

「え、俺は何もしていないですけど」

「志波さん、須藤さんと結婚するのはやめた方がいいって言ってくれたでしょう」

「あー、あれは、俺、差し出がましいことを」

朧に怒られたことを思い出し、苦笑する。

「周囲の人はきっと、みんな同じように考えていたと思うんです。だけど正面からあんな風にハッキリと言ってくれたのは、志波さんだけでした。お爺さまのことを話して説得してくれて、とても嬉しかったんです」

俺はにかっと笑った。

「みやびさんが本当に幸せそうで、よかったです」

俺と朧は教会から屋外のガーデンへ移動するために、通路を歩いた。

「みやびさん、ずっと笑顔だったな。本当によかった。俺も感動したよ」

「お前親族でもないのに、ボロボロ泣いてたもんな。まだ披露宴も始まってへんのに」

「なんか感動しちゃったんだよ」

そんなことを話していると、少し離れた場所から、ワン、と犬の鳴き声が聞こえた気がした。

俺は朧の腕を引っ張って、その場に引き止める。

「朧、今の声、聞こえた？」

「あぁ」

朧も声の主を探すように、周囲を見渡す。

すると緑がいっぱいのガーデンの先で、金色に輝く毛並みの、ゴールデンレトリバーの毛並みが揺れた。

「ノア？」

一瞬だったけれど、確かに元気に尻尾を振る、ノアの姿が見えた気がした。

「みやびさんの結婚式を、見にきたのかな」

俺はノアのいた方に向かって、大きな声で言った。

「よかったね、ノア。みやびさん、すごく幸せそうだったよ！」

俺がそう告げると、最後にもう一声鳴いて、ノアの姿は穏やかな風と共に、消えてしまった。

教会から、高らかな鐘の音が鳴り響いている。

みやびさんと常磐さんの二人は友人や家族に祝福され、フラワーシャワーを浴びて仲睦まじく歩いていく。

やがて若い女の子が、花嫁の近くに集まっていった。

「何だろ？　人がいっぱいいる」

「ブーケトスやるんやろ」

あぁ、ブーケを受け取った人が次の花嫁になれるっていう、あれか。

みやびさんはゲストに背中を向け、小ぶりの花束を後ろに投げた。若い女の子たちが、花束に向かってきゃあきゃあはしゃぎながら手を伸ばす。

しかし花束は思いの他、高く高く飛んで……まるで狙ったみたいに、朧の腕にすっぽりと落ちてくる。

参列者はその光景を見て、わっと声を上げて拍手した。

朧は引きつった顔で苦笑いする。

「いやいや、さすがにこれは女子が受け取った方がええやろ。やり直したらどうや？」

「いいじゃんいいじゃん、貰えるなら貰っとけば？　花嫁になれるかもしんないし」

「なれるわけないやろ、アホくさ」

俺は朧が花束を持っている様子を見て、思ったことを正直に口にする。

「朧は美人だから、やっぱり花が似合うな。そうやって持ってると、絵になるな」

それを聞いた朧は、軽く俺を睨んだ。

「はぁ!?　何言うてんねん。ほんまアホちゃうか？」

そう言って、朧は俺の顔に花束をぎゅっと押しつける。

近くにいるようになってから、だんだん分かるようになってきた。

本気で怒っている時と、ふざけている時の差。これはもしかして、照れているんだろうか。

「喋らなきゃもっといいのに」

「うっさい、黙れアホ」

俺はクスクス笑いながら、朧の腕を引いた。

「ほら、次は披露宴だって。あー、みやびさん本当に幸せそう。俺もいつかはあんな風に、かわいい花嫁さんと式を挙げたいなー」

朧は溜め息を吐きながら、青い空を仰ぐ。

「俺は結婚なんて、一生しとうないわ」

朧はそう言って、ふんとそっぽを向いた。

いつか、運命の人に出会えるのだろうか。本気で恋をしたことがない俺には、まだ想像もつかなかった。

三柱　鈴芽と大切な友達

九月の半ばに入ったが、まだまだ気温が高い。秋らしくなるのはもう少し先のようだ。

俺は居間でぼけっとテレビを見ながら、カップラーメンをすすっていた。

今日は昼過ぎからの出社でいいと言われていたので、昼食を食べたら朧の事務所に向かうつもりだ。

そろそろ家を出ようかと考えていたところで、玄関から鈴芽の声が聞こえた。

「ただいまー」

鈴芽の後ろには、栗色の長い髪、真ん丸な瞳のかわいらしい女の子が立っていた。

彼女は俺と目が合うと、礼儀正しくお辞儀をする。

「お邪魔します。鈴芽ちゃんの友達の千鶴《ちづる》です」

見た瞬間、ずいぶん小さな子だなと思った。とても鈴芽と同じ六年生とは思えない。

それに子供っぽい、高くてか細い声だった。

初対面のはずだが、俺はどこかで千鶴に会っているような、妙な既視感を覚えた。

まぁ同じ町に住んでいるのだから、何度かすれ違っていてもおかしくない。

二人は手を繋いで、仲睦《むつ》まじい様子だ。

「仲がいいんだな」

そう言うと、千鶴はにっこりと笑って自分の前髪を指さした。

「はい。ビーズのヘアピンもお揃いだし。ねー、鈴芽ちゃん」

そう言われて見ると、確かに鈴芽の髪にも、色違いのヘアピンがついている。女の子ってお揃いとか好きだよな。

俺は鈴芽に問いかける。

「それにしても帰ってくるの早くないか？　まだ一時過ぎだけど」

すると鈴芽と千鶴は、顔を見合わせて少し興奮気味に言った。

「あのね、学校で怪奇現象が起こってるの！」

「はぁ!?　怪奇現象？」

千鶴はこくこくと頷いて話を続ける。

「そう。最近教室のガラスが突然割れたり、クラスの子が誰かに押されたような感じがして階段から落ちたりして。ケガをする子が何人もいるの！」

「ケガって、それは大変だな」

ちょっと前までならそんな話信じられなかっただろうが、朧の事務所で働くようになってから、毎日のように不思議な現象を目にしている。すっかり耐性《たいせい》がついてしまった。

「今日も教室のガラスが、何枚も割れたの。ほらお兄ちゃん、赤城陽菜子《あかぎひなこ》ちゃん知ってるでしょ？」

「あぁ、確かアカギ飲料のお嬢様なんだよな」

「うん、その陽菜子ちゃんがガラスでケガをしちゃって」

「え、大丈夫だったのか!?」

鈴芽は心配そうに千鶴と顔を見合わせた。

「幸い軽いケガだったんだけど、お父さんとお母さんが迎えに来て、心配だからそのまま病院に行くって」

「そりゃそうだよな……」

「同じクラスの子もパニックになって泣き出したり、片付けするためもあって早帰りになっちゃったの」

なるほど、だからこんな時間に帰ってきたのか。

「それで、お兄ちゃんにお願いがあるんだけど」

俺は少し嫌な予感がした。

「お願いって……?」

「お兄ちゃん、陰陽師のところで働いてるんでしょ?」

「え……まぁ、そうだけど……」

鈴芽には、陰陽師の事務所で働くことになったのを、軽く説明していた。懐中時計の件を、鈴芽にも伝えておかないといけないと思ったのも理由の一つだ。爺ちゃんの話は真剣な顔つきで聞いていたけれど、それでもまだ半信半疑という感じだった。自分の目で見ていないと、陰陽師や幽霊なんかを疑わしいと思ってしまうのは仕方ない。

「陰陽師に、うちの学校の怪奇現象を解決してって、依頼したいの！」

まさかの方向からボールが飛んできた。

「いや……それは……やめた方がいいと思う……」

「どうして!?　いいじゃん、頼んでみてよ！」

俺の口調が煮え切らないからか、鈴芽はじれったそうに言葉を重ねる。

「陰陽師の人、すっごいイケメンなんでしょ？　そんなにイケメンなら、私も一度くらいは顔を拝んでみたいし！」

「ただのミーハーじゃん」

俺は鈴芽を朧に会わせることに不安があった。さすがの朧も、小学生に本性を見せて怒ったりはしないだろうが、ちょっと心配なのだ。それに朧にこき使われているのを見られると、兄の沽券《こけん》に関わるような気がするし……。

鈴芽はしゅんとした様子で俯く。

「陽菜子ちゃんが心配なのもあるし、私もこのままだと学校に行くの、ちょっと怖いし。お兄ちゃんが助けてくれると思ったんだけどな……」

鈴芽は学校で起こる怪奇現象が気になっているのか、心細そうにしている。俺は数年前、鈴芽が苦しんでいた時、何もできなかったことを思い出した。あんな思いは、もう二度とさせたくない。

少し迷ったが、結論は最初から決まっていたようなものだ。鈴芽が困っているのなら、俺は力になりたい。

「分かった、大丈夫だ、任せろ！　お兄ちゃんが頼めば、その怪奇現象、きっと朧が解決してくれるよ」

「本当？」

俺はドンと自分の胸を叩いた。

「本当だ。お兄ちゃんが絶対鈴芽のことを助けてやるから、大船に乗った気でいろ！」

「さっすがお兄ちゃん、頼りになる時もあるんだ！」

鈴芽は嬉しそうに、千鶴ちゃんと手を取り合ってはしゃいでいる。

安請け合いしたのはいいものの、本当に朧は引き受けてくれるだろうか。

残念なことに、即断られるイメージしかわかない。

俺は鈴芽と千鶴ちゃんに声をかけて家を出て、朧の事務所までやって来た。

預かっている鍵で、いつものように玄関の扉を開く。

ここに通って五ヶ月くらい経つが、相変わらず見ているだけで圧倒されるような立派な屋敷だ。

内部は想像以上に広く、俺もまだ足を踏み入れていない部屋がたくさんある。この建物は朧の事務所件自宅なので、仕事をしていない時、朧は自宅のフロアにいる。仕事場と朧が私生活に使うスペースは完全に分離しているので、朧のプライベートは謎に包まれている。

事務室に入り、ホワイトボードで今日の予定を確認する。朧は外出の予定はないみたいだ。十四時から、来客の予定が一件入っている。

「おーい朧、いないのか？」

いつもなら朧はこの部屋で、顧客が経営している会社の株価でもチェックしているのだが、今日は珍しく姿が見当たらなかった。

どこにいるんだろうと考えていると、部屋の奥から式神キツネのもなかが、尻尾を揺らしながらぽてぽてと歩いてくる。

「先生やったら、今は自宅の方におりますえー。もなかが案内してあげます」

「え、でもいいのかな？　俺、勝手に向こうに入るなって言われてるんだけど」

「志波君なら、多分大丈夫やと思いますー」

本当に大丈夫だろうか？　でもそろそろ時間だし、こっちに下りてきてもらわないと困るのも事実だ。あと単純に興味がある。

もなかは迷いなく、跳ねるようにぴょんぴょんと前に進んでいく。

朧の自宅フロアは高級ホテルみたいだった。整然としていてどこもかしこも綺麗だけど、少し近寄りがたい感じがする。

部屋がたくさんあるみたいだけど、朧はどこにいるんだろう。

特別変わったものはなかったが、いつも朧がここで生活しているのかと思うと、何だか浮き足立ってしまう。

そのうち、もなかはある一室の前で足を止めた。

「志波君、ここが先生の寝室です。中におりますよってに。じゃあもなかはここらへんで」

そう言って、もなかはそそくさと立ち去ろうとする。

「ちょっ、もなか先輩は一緒に入らないの⁉」

引き止めようとすると、もなかは焦った様子で言った。

「もなかは、十三時半から始まる『若おかみ探偵・芦田《あしだ》かおるの湯けむり温泉殺人事件簿　狙われた御曹司！～復讐は硫黄《いおう》の香り～』を観なあかんことを思い出しました！　ほな、失礼します」

「えぇ……」

よほどその番組が楽しみだったのか、もなかはあっという間に姿を消してしまった。

取り残された俺は、とりあえず寝室の扉を軽くノックしてみる。

しかし扉が分厚いのか、返事が返ってこない。

そっとドアノブを捻《ひね》ってみると、意外にも抵抗なく開いた。

朧の部屋って、どんなだろう。陰陽師っぽく壁に呪文みたいなのがびっしり書いてあるとか？

興味本位で足を踏み入れた俺は、室内を見て息を呑む。

まず部屋の広さに驚いた。三十畳くらいあるんじゃないだろうか。白いフローリングの床を、淡いオレンジ色の間接照明が照らしている。

そろそろと歩いていくと、奥を曲がったスペースに大きなベッドがあるのが見える。

朧、まだ眠ってるのかな。

しかしベッドの手前の一角に、ふわふわした何かが大量に積み上がっているのを発見し、俺は顔をしかめる。

「え、何あれ」

大小さまざまなサイズのぬいぐるみが、ぬいぐるみ専用の棚にぎっしり並べてあった。

そして一番目立つ場所に、二匹の犬のウエディングドールあった。ガラスケースに収まって、大切に飾られている。

「あ、これ、みやびさんと常磐さんの結婚式で貰ったウエディングドールだ！」

あの時の朧は涼しい表情をしていたが、こんな風に飾っているということは、よっぽど気に入っているのだろう。

これ以上進むと絶対に怒られると思いつつ、今さら止められなかった。俺はどんどん部屋の奥に進み、そっとベッドを覗き込んだ。

大人が二、三人並んで両手を伸ばしても、余裕で広々と寝られそうなベッドの上には、ひときわ大きなサイズのキツネのぬいぐるみがあった。というかもはや、抱き枕だ。一メートルくらいはあるんじゃないだろうか。キツネをしっかりと抱えて、なんとも愛らしい天使が眠っていた。

「うわ……」

俺は思わずごくりと唾《つば》を呑み込む。

——見てはいけないものを見てしまった。

成人男性がぬいぐるみを集めているなんて、かわいいどころか不気味なのが普通だ。だが朧がキツネを抱いて眠っている姿は……悔しいことに、悪くない。

これ以上近づくのはまずいと思いながらも、さらに顔を寄せて、じっと朧の顔を覗き込む。ベッドのスプリングが軋《きし》む音がした。

抜けるように白い肌、サラサラの銀色の髪の毛。普段は冷たい目で俺を睨みつけてくるが、今はあどけない表情で眠っている。

こうやって眠っている姿は、本当にこの世のものとは思えないくらいに綺麗なのに。

仕事中、仮眠を取るつもりだったのだろうか。服装は白いシャツと、スラックスのままだった。高そうな服なのに、皺になってしまいそうだ。

勝手にここに入って、部屋の中を見たと知られたらただじゃすまないだろう。もう少し朧のことを見ていたいし、名残《なごり》惜しいけれど、気づかれる前に退散するか。そう考えて、そろりそろりと移動したが……。

床に落ちていたぬいぐるみを踏んづけ、足を滑らせた。

ドタッと大きな音が部屋に響き渡る。

天使がぱちりと目を覚ました。

「ん？　おまっ、シバコロ、何勝手に入ってきてんねん！」

朧はバッと身体を起こし、珍しく焦った様子で、怪訝《けげん》そうに俺を睨む。

「いや、えっと、もうすぐお客さんが来る時間だから……呼んだ方がいいと思ったんだけど……」

「ここには入るなって言うたやろ！」

彼の表情にはすごみがあるが、さっきまでキツネを抱いて眠ってたくせに、と思うとちょっと面白くなって、途中から笑い出してしまった。

「あははは、ぬいぐるみに囲まれて眠るって、小さな女の子みたい」

するとてん天使はあっという間に悪魔に豹変《ひょうへん》し、みるみるうちに冷ややかな表情に変わっていく。朧の背後には、暗黒のオーラが渦巻いていた。

彼は血が凍るような冷淡な声で命令する。

「……出ていけ」

「あはは、いいじゃんそんな必死になって隠さなくても。かわいー。そっかぁ、朧ってぬいぐるみが好きだったんだ。こういうのって、自分で買う……」

朧が何か呪文を唱えた瞬間、鋭い矢がひゅっとこちらに飛んでくる。

「は!?」

矢は俺の頬を掠《かす》め、壁に突き刺さった。

勢いよく壁にめり込んだ矢を見て、青くなる。あんなの、あと数ミリ俺のいた場所が違っていたら、間違いなく頭に突き刺さっていた。本気で殺す気か!?

朧は笑みを浮かべて、穏やかに言った。

「いいから今すぐ出ていけ。それ以上笑ったら、次は本当にお前を的にする」

「……はい」

やばい、これ本気で怒ってる顔だ……。

俺は逃げ出すように、そそくさと寝室から出ていった。

「志波君、何があったん？　先生、めっちゃ怒ってますやん」

給湯室からお茶を運んできてくれたもなかは、さすがに朧の機嫌が悪いのを察したようだ。

「やっぱり分かる？　実はさ……」

ここそこと事情を話すと、もなかはあーあと肩をすくませる。

「それ、しばらく機嫌直りませんよ。昔同じように先生のことを笑った人がおったんですけど、先生、何日かずっと怒ったままでしたもん。先生、もふもふ好きですけど、そのことを絶対に人には知られんようにしてますから」

「えぇ！　元はといえば、もなか先輩が部屋に行こうって言うから……」

「知りません。先生、一度怒ったら蛇《へび》のようにしつこいですえ。もなかは怖いから、お出かけしよーっと」

そう言って、もなかは退出してしまう。

仲間じゃなかったのか！　そんな絶望的な情報だけ残して去っていかなくても！

俺はがっかりしながら、もなかのふさふさ尻尾を見送る。

朧は俺を完全に無視し、デスクでパソコンを操作し始めた。

「……あのー、朧さん」

お茶を持っていきながら勇気を出して話しかけてみるが、返事すらしてくれない。

つんとした表情でそっぽを向いて、ちっとも顔を合わせようとしない。

「すみません！　俺が全部悪かったです！」

俺は何度も謝るが、そっぽを向いた朧は表情を変えず、まるで俺のことを空気かのように無視する。

「あの、朧……俺、頼みがあったんだよ」

最悪なタイミングのような気がするが、一度言いそびれると一生頼めなくなりそうだ。

朧は深い紫の瞳に怒りを滲ませ、キッとこちらを睨む。

「お前の頼みなんか、絶対に聞かんわ」

「そこを何とか！」

「知らん」

「本当に困ってるんだ」

俺がよほど情けない顔をしていたからか、朧は溜め息を吐き、ようやくこちらを見てくれた。

「……頼みって何や」

やっと口を利いてくれたことに、俺はぱぁっと表情を明るくした。

「実は、妹が朧に仕事を依頼したいって言ってるんだ。妹の通う小学校で、怪奇現象が起こってるみたいで」

「そんなん行くわけないやろ」

「お願いします朧様、一生に一度のお願いだと思って」

その場に土下座《どげざ》して頼み込むが、朧の返事は素っ気ない。

「無理や」

「お願いだよー朧、他に頼れる人がいないんだよー」

「嫌やって言うとるやろ」

とりつく島もない感じだ。

朧は眉を寄せ、ポツリと呟いた。

「しかし、奇遇やな。学校で怪奇現象か」

「朧もそういう依頼を受けてるの？」

「あぁ、ついさっき電話があってな。この後詳しく話を聞くつもりや」

「あ！　それって、もしかしてアカギ飲料の社長からだったりする？」

それを聞いた朧は、驚いたように目を見開く。

「何でお前が知っとるんや」

「前に朧がアカギ飲料の会社で仕事をしたって、聞いてた気がして。妹と同じクラスの子なんだよ、アカギ飲料の社長令嬢。今回ケガをしたのもその子なんだって」

　それを聞いた朧は、パッと表情を明るくした。

「なんや、やったら話は早いわ。ええで、その依頼引き受けたる」

「本当!?」

「アカギ飲料は、俺の得意先の一つや。そこの社長にも世話になっとってな。学校の怪奇現象解決して、媚《こ》び売っとくんも今後のためになるやろ」

　なんて分かりやすいんだろう。俺は思わず脱力する。

「朧って、打算的だよね」

「自分の利益になることに対してはしっかり行動するって、分かりやすくてえぇやろ? むしろどんな頼みでも無償で引き受けるやつなんか、見返りに何を要求されるか怖くて信用できんわ」

　ひねくれ者め。

　とはいえ、ほとんど偶然だったけれど、依頼を引き受けてくれるようだ。俺は、やったね、と心の中で小躍りした。

　朧が除霊にいくと伝えると、鈴芽は大喜びした。

　俺が鈴芽の担任に電話で連絡を取り、除霊を申し出ると、すでに赤城家の父親から依頼内容が伝わっていたらしく、快諾《かいだく》された。

というわけで一週間後、俺と朧は、鈴芽の小学校へ除霊に向かうことになった。

「あぁ、榊原さん、鈴芽さんのお兄さん。お待ちしてました」

鈴芽の担任の太田《おおた》先生はいかにも体育会系といった快活な男性教師だった。

「太田先生、こんにちは。こちらは陰陽師の……」

「榊原朧です。本日はご依頼いただき、ありがとうございます。こちらの学校の生徒さんたちが、怪奇現象で悩んでいるということでしたよね」

太田はぼんやりと朧に数秒見とれ、ハッとした様子で意識を会話に戻した。

「そ、そうなんです。最初陰陽師の方がいらっしゃるって聞いた時は、正直どうしようかと思ったんですけど。怖がって登校したくないと言い出す児童もいますし、校長も、ただ悩んでいるだけじゃ何も解決しないから、藁《わら》にもすがる思いでお願いしてみようと話していました」

「分かりました。では、まず最初に怪奇現象が起こった現場である教室を見せていただいてよろしいでしょうか？」

「はい、ご案内します」

俺たちは太田先生の誘導にしたがって廊下を歩き、鈴芽の教室に入ったが、いたって普通に見える。

朧が現れた瞬間、生徒たちからわっと歓声が飛んだ。

「ねぇ、陰陽師の人、来たよ！」

「きゃーーーーっ、かっこいい！」

「肌白ーい！ 細ーい！」

「銀髪で紫色の瞳とか、王子様みたいっ！」

他のクラスからも、わざわざこの教室を覗こうとする生徒までいる。まるで芸能人でも現れたように、朧の周囲にわらわらと子供たちが群がった。

「こら！ 関係のない児童は教室に戻りなさい！」

太田先生が必死にそれを遮ろうとするが、ちっとも効果はない。

大勢の子供が、朧を囲んで次々と質問をぶつける。

「握手してください！」

「陰陽師ってほんとに幽霊見えるの？」

「手からビーム出る？」

途中、人混みに押されて女子生徒が、転びそうになった。

朧が「危ない」と言ってその子の手を支えると、彼女は目をハートにしてうっとりとした様子で朧を見つめる。小さくても女の子だなぁ……。

朧は子供たちに囲まれて大声で騒がれ続け、だいぶうんざりした様子だ。

「ほら、お前ら、いい加減にしなさい！　着席、ちゃくせーき！」

太田先生は声を張り上げて叫んだ後、申し訳なさそうに謝った。

「すみません、児童たちがうるさくしてしまって」

朧はにこやかに返答する。

「いえ、慣れていますから」

俺は教室の中で鈴芽の姿を探した。

すると何人かの友人に囲まれ、楽しそうに会話している姿を発見する。

俺と朧は、鈴芽の方に歩み寄った。朧が歩く度に、周囲から黄色い悲鳴が飛ぶ。

俺は鈴芽に声をかけた。

「赤城さんはいるかな？」

すると鈴芽の隣にいた子が「はい」と返事をして、やわらかく微笑んだ。

「私が赤城陽菜子です」

陽菜子はおっとりとした雰囲気の、上品な女の子だった。

そもそも朧がここに来たのは、アカギ飲料の社長令嬢に挨拶するためだ。

朧は陽菜子の姿を確認すると、即座に顔をよそいきモードに切り替え、にこやかに笑って手を差し出した。

「初めまして。陰陽師の榊原朧です」

陽菜子もその隣にいた鈴芽も、ぽーっとした表情で朧に見とれている。

そいつ、猫被ってるよ。

陽菜子は嬉しそうに朧を見上げた。

「わー、綺麗な人。うちのパパからいつも話は聞いてたけど、本物の方がもっともっと素敵！」

「ありがとうね。お父さんにもよろしくね」

朧は今日一番の笑顔で、陽菜子と握手をした。現金なやつだ。

鈴芽は不思議そうに陽菜子に訊ねる。

「陽菜子ちゃんのお家、幽霊で悩んでるの？」

すると陽菜子はのんびりした口調で答えた。

「ううん、パパは幽霊じゃなくって、お仕事のことを占ってもらってるんだって。榊原さんの占い、とっても当たるみたい。新しいお店を出す場所とかも、全部榊原さんに聞いてから決めてるんだって！」

「へぇー、そうなんだ」

俺は朧の肩をつついて訊ねる。

「で、どうなんだ？　幽霊がいる感じする？」

朧は周囲をぐるりと見回し、首を横に振った。

「いや、教室にはおらんみたいやな。ただ……」

朧は近くにいた鈴芽をじっと見下ろす。鈴芽は緊張したように顔を赤くして、恥ずかしそうに視線をそらした。

朧は太田先生に話しかける。

「太田先生、少し鈴芽ちゃんに話を聞きたいのですが、教室から連れ出しても大丈夫ですか？」

朧に名前を呼ばれた鈴芽は、緊張したように背筋を伸ばした。

「はい、それはかまいませんが」

「先生もお忙しいでしょう？　一日中付き合っていただくのは申し訳ありませんし、除霊が終わりましたら、ご報告いたしますので」

そう話すと、太田先生は少しほっとした様子になった。

「お願いします。突き当たりの教室は空き教室なので、よかったらそちらを使ってください」

何かあったらいつでも呼んでくださいと言う太田先生に会釈《えしゃく》し、俺たち三人は空き教室で話をすることにした。

空き教室は、数組の机と椅子だけでがらんとしていた。

朧の正面の席に、鈴芽が腰かける。俺は鈴芽の隣に座った。

鈴芽に再度向かい合った瞬間、朧は神妙な表情になった。

彼を包む空気が、ピリッとしたものに変化する。仕事モードに入ったのだろう。

「ごめんね、授業中だったのに急に呼んでしまって」

「いいえ、全然！」

「……かすかにだけど、鈴芽ちゃんから人間じゃないものの気配がすると思って」

俺は驚いて朧に問いかける。

「え、それって鈴芽が何かに取り憑かれてるとか、そういうことか？」

「それに近いかもしれんな」

鈴芽は不安そうに俺を見上げた。

爺ちゃんは、志波の家系は幽霊や悪霊に狙われやすいと話していた。俺ほどじゃないとしても、鈴芽も例外ではないのかもしれない。

朧は鈴芽に声をかけた。

「じゃあ鈴芽ちゃん、話を聞いてもいいかな？」

「はいっ！」

鈴芽はキラキラした顔で、ハッキリと返事をする。いつも俺が話しかけても、こんな風に素直に返事なんかしないくせに……。

「確かガラスが割れたり、生徒が階段から落ちたり、おかしなことが起こってるって聞いたけど」

鈴芽はこくりと頷いた。

「そうです」

「この間の……赤城陽菜子ちゃんがケガをした時は、どういう状況だったのかな？」

鈴芽は記憶を辿るように、ぽつぽつ話し出した。

「えっと……あの時は、給食が終わって、昼休みで。私と陽菜子ちゃんと、千鶴と三人で教室の窓際で話してたんです。そうしたら、突然窓ガラスが割れて。本当に、何の前触れもなく」

朧は薄い唇のあたりに手をかざし、真剣な表情で考え込む。

「いわゆるポルターガイスト現象だね。勝手に物が移動したり、ラップ音がしたり、物が壊れたり。この現象は精神的に不安定な思春期の少年少女の周辺で起こるケースが多いんだ。だからもしかしたら、鈴芽ちゃんとよく一緒にいる友達の影響なのかもしれない」

「私と、よく一緒にいる友達……」

「どんな些細《ささい》なことでもいいんだけど。何か思い当たることはないかな？」

するとが鈴芽は、はハッとしたように口を開いた。

「一番仲がいいのは、千鶴って子なんです。今日も登校してるんですけど、保健室にいて……」

俺はこの間、家に遊びに来た女の子のことを思い出した。

「あぁ、あの子か。体調が悪いの？」

「うん。千鶴、ここんとこ具合が悪いことが多くて。今日も保健室にいるんだ」

「そうか……心配だな」

朧はポツリと呟いた。

「それならもしかしたら、その子がへんなものに憑かれているのかもしれないね」

それを聞いた鈴芽は、不安そうに朧に訴える。

「あ……だから千鶴、体調が悪いのかもしれない！　榊原さん、千鶴に会ってもらえますか⁉」

「もちろん」

俺は千鶴の愛嬌《あいきょう》のある顔を思い出していた。

鈴芽の案内で保健室にいくと、扉には保健室の先生が出張中だという旨の張り紙が貼られていた。

「失礼します」

鈴芽が扉を開いて中に入るが、やはり先生はいないようだ。

「千鶴、いる？」

鈴芽は慣れた様子でそっとカーテンを開き、ベッドで眠っている人物に声をかけた。

白いカーテンの向こうから、幼い声が返ってくる。

「うん、いるよ。鈴芽ちゃん、会いにきてくれたの？　でもまだ授業中だよね？」

朧は真剣な表情で、感覚を研ぎ澄ませるように千鶴を観察する。

「あれ、鈴芽ちゃんだけじゃないんだ」

そう言って千鶴は、屈託《くったく》なく笑う。

腰のあたりまで伸びる、栗色の長い髪。真ん丸な、ガラス玉みたいな瞳。小さな鼻に、やわらかそうな頬。体調が悪いせいか顔色が若干悪いことが少々気にかかるが、小柄なことも含めて千鶴はとてもかわいらしい。

鈴芽は彼女に、朧と俺を紹介した。

「あのね、千鶴、最近学校でへんなことが起きてるでしょう。それを解決するために、陰陽師の榊原さんが来てくれたの。あと、見たことあると思うけど、こっちはお兄ちゃん」

「榊原さん、鈴芽ちゃんのお兄さん、こんにちは」

俺は軽く挨拶を返した。

鈴芽は心配そうに千鶴に声をかける。

「具合は大丈夫なの？」

「うん、今日はいつもよりちょっぴり調子がいいかも」

「ならいいけど。無理しちゃダメだよ」

「分かってるよ。鈴芽ちゃんは、心配性なんだから」

「志波、ちょっと」

朧に呼ばれ、一旦保健室を出る。

「原因はあいつやな」

朧は廊下の壁にもたれ、腕を組んでポツリと呟く。

「あいつって……あの、千鶴って子？」

「そうや」

あの子に、何かが取り憑いているのか。

そのせいで怪奇現象が起きているのだとしたら、早く祓ってあげないと。

しかし彼女が原因だと知ったら、鈴芽もショックを受けるかもしれない。

どうやって話せばいいだろう……。

俺たちが保健室に戻ると、鈴芽と千鶴は他愛ない話題で盛り上がっていた。

朧は首を傾け、鈴芽を保健室から追い出すように無言で指示する。俺も朧の言いたいことが、だいぶ分かるようになってきた。

「鈴芽、ちょっと」

「何？」

鈴芽は迷惑そうに俺を睨む。

「あの子に話聞きたいから、外で待ってて」

「私がいたらダメなの？」

鈴芽の友達のことを疑っているなんて、本人には言い出しづらかった。

「うん、少し長くなるかもしれないから」

「千鶴は身体が弱いんだから、あんまり無理させないでよね」

「うん」

鈴芽は不服そうだったが、しぶしぶ保健室の外に出た。

さて、何から話せばいいのだろう。

俺と朧は近くにあった椅子に腰かけた。

千鶴は興味深そうに俺たちを見ている。

「千鶴ちゃん、妹といつも仲よくしてくれてありがとう」

千鶴は愛想のいい顔で答える。

「どういたしまして」

礼儀正しくて、普通にいい子だ。だからこそ、彼女に幽霊が憑いているかもしれないなんて、打ち明けにくい。そもそも信じてもらえないかもしれない。

俺が葛藤《かっとう》していると、朧は標準語を解除し、千鶴に質問していく。

「なぁ、自分が何者か分かっとるか？」

千鶴はきょとんとした様子で首を傾げる。

「何者？　私は……私は、鈴芽ちゃんの友達だよ」

本当に、何の迷いもなくそう答える。

朧はまっすぐに千鶴の目を見つめる。千鶴の瞳はどこか空虚《くうきょ》で、底の見えない湖を思わせた。

「自分が何者かって聞かれて、〝鈴芽ちゃんの友達〟って答えるんはおかしくないか？　まるで、それだけが存在価値みたいやないか」

千鶴は俯いて、不安そうにこぼす。

「おかしいかな？　でも……私は、鈴芽ちゃんのために、ここにいるの……」

俺は思わず口を挟んでしまう。

「鈴芽のために？　それって、どういう意味？」

朧は畳みかけるように質問を重ねる。

「いつから友達なんや？　何であの子の近くにおるようになった？」

「何でって……私は鈴芽ちゃんを、支えてあげたくて……ずっと友達って約束を、して……いつから……？」

俺は棚に並んでいる消毒薬の瓶《びん》が、ひとりでにカタカタ音を立てて震え出したのを見て、ハッとした。これが、鈴芽が話していた怪奇現象ではないか？

朧もそれに気づいているようだ。

「思い出せ。お前は、どうしてここにおるんや？」

問われた千鶴は、頭痛がするように両手で頭を抱える。

俺は心配になり、彼女の肩に触れる。

「千鶴ちゃん、大丈夫？」

「私は……私は、どうしてここに……？　分からない……何で私、何も覚えていないんだろう……？　どうして、どうやって鈴芽ちゃんと仲よくなったの……？　分からない……！　分からないのっ！」

そう叫んだ瞬間、近くにあったガラスのコップが、パンと砕け散った。

「うわっ！」

千鶴は俺たちから逃げるように、保健室から飛び出した。そして廊下で俺たちを待っていた鈴芽にぶつかる。

「えっ、千鶴っ!?　どうしたの!?」

鈴芽はぎょっとした様子で、千鶴を引き止めようとした。しかし千鶴はそれを振り払い、廊下を走っていってしまった。

千鶴を追いかける俺たちを見て、鈴芽は焦った様子で俺に駆け寄る。

「お兄ちゃん、千鶴に何したの!? 千鶴、泣いてたよ!?」

「いや、俺は別に……」

鈴芽は激怒しながら食ってかかる。

「千鶴は私の親友なんだから！ 千鶴をいじめたら、許さないからね！」

そう言って、鈴芽は千鶴が走り去っていった方向へと全力で駆けていった。

千鶴のせいなのか、途中の廊下にある窓ガラスが、何ヶ所も割れている。教室から、異常を察した生徒たちの悲鳴が聞こえた。

鈴芽は困惑した表情で、息を切らしながら割れた窓を見つめていた。

「鈴芽、俺と朧が先にあの子を捕まえるから。後から追いかけてきて！」

朧は厳しい表情で千鶴の後を追う。

「他の生徒にケガをさせたら大変や。早く捕まえるぞ」

「分かった！」

千鶴は校舎を飛び出し、運動場を横切って門を出て学校の敷地の外へ向かう。

それでも俺たちが追いかけてきているのに気づくと、裏山の方へ走っていった。

俺は汗を拭いながら、ちっとも近くならない小さな背中を見つめる。

「あの子、めちゃくちゃ足が速いな。大人の男が二人で追いかけても、全然追いつけないなんて」

「人間じゃないからやろな。どこまで行くつもりなんや……」

小学校のすぐ裏に、子供の足でも迷わず登って戻ってこられるくらいの、小さな山がある。

必死に彼女を追いかけると、千鶴は山の中にある、古びた木造の建物の中に逃げ込んだ。

大きな入り口には「立ち入り禁止」の看板や、扉を封鎖《ふうさ》するように、バリケードテープがべたべた貼られている。

俺と朧は入り口で鈴芽を待った。

追いついた鈴芽は不安げに建物を見上げ、一瞬、躊躇《ちゅうちょ》したように足を止めた。

「千鶴、ここに入っていったの？」

「あぁ、そう見えた……。確かここ、旧校舎だよな」

「うん。古くて壁が崩れてきたりして危ないから、入っちゃダメって先生に言われてるんだけど……」

朧が顔をしかめて旧校舎を見上げる。

「嫌な気配がビリビリ伝わってくるな。ここ、絶対面倒なもんがおるで」

立ち入り禁止なら、普通は児童が入れないように、鍵がかかっているはずだ。しかし千鶴はいとも簡単に旧校舎に入っていった。見れば入り口には、しっかりと南京錠《なんきんじょう》がかかっている。あの子、どうやって入ったんだろう……。

朧が呪文を唱えながら人差し指と中指でその錠に触れると、カチリと音がして鍵が開いた。

それに続いて、朧は懐から呪符《じゅふ》を取り出した。

するとその呪符がひとりでに宙に浮かび、鮮やかなエメラルドグリーンの蝶に変化する。蝶が羽ばたいた場所に、霧のように緑色の鱗粉《りんぷん》が舞い落ち、俺たちの身体を包んだ。

「朧、これは?」

「一応守護の術や。ただ、あくまで簡易的なもんやから、長くは持たん。さっさと千鶴を捕まえて、早めに出るぞ。特に志波、お前は長居せん方がええ」

俺たち三人は顔を見合わせ、旧校舎に足を踏み入れる。

校舎の中は湿っぽく、濡れたダンボールのような匂いがした。

中もボロボロで、窓ガラスはところどころ割れ、木造の壁には、崩れた部分がいくつもあった。本当にお化け屋敷みたいだ。

「千鶴ーっ！」

鈴芽は必死に千鶴の名前を呼んだ。

ギシギシと不気味な音が鳴る廊下を歩きながら、薄暗い建物の中を歩く。

校舎の中にはボロボロの掲示板や、錆《さ》びた掃除用のロッカーが置き去りにされている。

そして廊下の一番端、『一年七組』と札のかかった教室のすぐ近くで、ひらりとスカートが揺れるのが見えた。

鈴芽はハッとした様子で、そちらに駆け寄る。

「千鶴、待って、逃げないで！　一緒に帰ろうよ！　こんな場所にいるの、千鶴も怖いでしょ!?」

千鶴は鈴芽から逃げるためか、その教室の中に逃げ込んだ。

「千鶴っ！」

俺たちも、続けてその教室の中に入る。

教室には、無造作に机と椅子が並べてあった。

千鶴は教室の一番隅の窓際に身を隠すように立ち、虚《うつ》ろな表情で涙を流していた。

「思い出せないの。忘れちゃいけない、大切なことも全部……」

鈴芽の顔を見た瞬間、唸り声を上げながら千鶴は頭を抱え、苦しそうに座り込んだ。

鈴芽は泣きそうな表情で、千鶴の方へゆっくりと歩み寄った。

「千鶴、どうしちゃったの？　もしお兄ちゃんに何か嫌なこと言われたなら、私がお兄ちゃんをしばくから。ねぇ、お願いだから早くここから出よう」

俺が悪いって決めつけなくてもいいのに。

俺と朧も鈴芽の後ろに続き、慎重に千鶴に近づいていく。

しかし千鶴はぶんぶんと頭を振り、目をぎゅっと瞑《つむ》って、大声で叫んだ。

「いやーー来ないでっ！」

瞬間、教室の窓ガラスがすべて、パンッと音を立てて粉々に砕ける。

「朧！」

俺は窓に近い場所にいた朧を庇《かば》い、抱き寄せた。

朧は驚いた様子で俺の顔を見つめる。

「大丈夫か、朧!?」

「……あぁ、お前こそ、自分のこと心配せぇや」

鈴芽は信じられないように、割れた窓を見つめた。

「これ、やっぱり千鶴のせいなの……？　今までのも、全部、千鶴が……？」

千鶴は泣き叫びながら、俺たちから距離を取ろうとする。

しかし鈴芽は諦めずに、千鶴に向かって手を差し出した。

「千鶴、逃げないで」

「来ないで！　来ないでよ！」

千鶴が叫ぶたび、ドン、ドンッと近くの壁がへこんだり、べこんと床に穴が空いたりする。

千鶴が意図的にやっている訳ではなく、自分でもコントロールできていないようだ。感情が暴走しているように見える。千鶴は何かに怯えていた。

「鈴芽ちゃん、私のことが怖くなったでしょ！　もうほっておいてよ！」

鈴芽は千鶴の正面に向かい合い、決意したような表情で、ハッキリと声を発した。

「怖くないよ、千鶴は友達だから！　だから、逃げないで」

「鈴芽ちゃん……」

その言葉に心を動かされたのか、千鶴の張り詰めていた雰囲気が解ける。

彼女は鈴芽に向かって、手を伸ばし、歩み寄る。

もう少しで、鈴芽の手が千鶴に届く、という距離に近づいた瞬間。鈴芽の近くで、バキリと何かが折れるような音が鳴り響いた。さっき床に穴が空いた影響で、扉が不安定に傾いていたのだろう。細い木の柱がなんとか扉を支えていたが、重みに耐えきれず、砕けてしまったようだ。

重そうな木の扉が、鈴芽に向かってぐらりと倒れてくる。

「鈴芽！」

俺は咄嗟《とっさ》に鈴芽に覆い被さり、庇おうとする。

「お兄ちゃんっ！」

扉は窓に激突し、割れたガラスの破片《はへん》が、俺たちに降り注ぐ。俺はぎゅっと鈴芽を抱きしめた。少し大きめの欠片が、腕に切り傷をつくる。最初は痺《しび》れた感じがして、後から痛みが伝わってきた。赤い血がポタポタと、床に垂れた。

「お兄ちゃん、大丈夫!? 血が出てる！」

泣きそうな顔でこちらを覗き込む鈴芽を心配させないように、俺は頭をポンポンと撫でる。

「平気だよ、ちょっと切れただけだから。鈴芽は大丈夫か？」

鈴芽はほっとしたように眉を下げて、小さくと呟いた。

「……うん、ありがと」

俺の少し後ろにいた朧は、こちらに歩いてきて、持っていたハンカチでぎゅっと俺の腕を縛る。

「ったく、さっき俺を庇った時もやけど、もうちょっと考えろや」

「ありがと、朧。ほんとに大した傷じゃないんだって」

めちゃくちゃな状態になった廊下で、俺を支えるように朧と鈴芽が立っている。

手を伸ばしてもわずかに届かないくらいの場所から俺たちを見ていた千鶴は、自分のしたことを後悔するように青ざめた。

「……私のせいなの？」

千鶴を見つめる朧の瞳は、少し憐《あわ》れむような色をしていた。

「しゃあないな」

朧が呟いて、スーツから呪符を取り出す。

それを見た俺は、ハッとした。まさか朧は、このまま千鶴を強制的に祓ってしまうつもりだろうか？　初めて出会った時、俺を追っていた幽霊を一瞬で燃やしたように。

千鶴は混乱しているがまだ、何かを伝えようとしている。

俺は必死に朧の腕にしがみついた。

「朧、やめてくれ！　お願いだから、千鶴の話を聞いてやってくれ……！」

「は⁉　お前、何言うてんねん！」

俺と朧が言い争いしていると、突然周囲が眩しい光に包まれる。

「何だこれ……？」

どうやら光は千鶴から放たれているようだ。

あまりの眩さに、俺はぎゅっと目蓋を閉じた。

◇◇◇

気がつくと俺たちは、旧校舎とは別の場所にいた。

ぼんやりと明るい、真っ白に染まった世界だ。足元にある真っ白な砂が、風に吹かれてサラサラと流れていく。

「あっ、あれ、ここ何？　どうして私たち、こんな場所にいるの？」

鈴芽は動揺したように、キョロキョロとあたりを見回す。その様子を横目に、俺の心は意外なほど落ち着いていた。これに似た体験をしたのを覚えているからだ。

「朧、これ、爺ちゃんの時に似てるな」

朧も冷静に周囲を観察している。

「あぁ、あの子の記憶の中に引っ張られたみたいやな」

「記憶？　ここ、千鶴の記憶の世界ってことか……？」

確かに退廃《たいはい》的で、少しさみしい雰囲気のこの場所は、千鶴を想起させた。

しかし肝心の千鶴本人が近くにいない。どこにいるのだろう？

朧は先ほどのことを思い出したのか、むっとした表情で俺の耳を指でぐいっと引っ張った。

「ちょっ、痛いって朧」

「お前、さっき何で邪魔したんや」

「えっ？　だって朧、急に呪符を出すから……前みたいに、千鶴のことを燃やそうとしているのかと思って」

「アホか！　俺は建物が崩れてもケガせんように、結界張ろうとしてただけや！　もうあの建物、限界やったやろ。あれ以上暴れたら、天井が落ちてきそうやったし」

「えぇ、そうだったのか！」

完全に俺の早とちりだ。朧は深い溜め息を吐いて、俺の耳から手を離した。

そんなことを話していると長い髪を二つに結んだ女の子の姿が現れた。丈の長い水色のダッフルコートに、あどけない横顔。けれど、その瞳からは意思の強さを感じる。

俺はハッとして息を呑む。

俺とほぼ同時に彼女の正体に気づいた鈴芽が呟いた。

「これ、……私？」

正確に言うと、今から数年前の鈴芽だ。現在の鈴芽は六年生だが、水色のコートを着ている鈴芽はおそらく一年生くらいだろう。今の鈴芽より、頭一つ分くらい小さい。

「でも、なんで小さい時の私がここにいるの？」

ここで考えあぐねていても仕方ない。俺たちは、その小さな背中を追うことにした。

幼い鈴芽は友達と一緒に、誰かの家に向かっているところらしい。

それを見た鈴芽は、記憶を辿るように呟く。

「思い出した。これ、一年生の時同じクラスだった、エリカちゃんのクリスマス会だ」

エリカの家は三角屋根の洒落た外観で、庭の木に飾られたイルミネーションがチカチカと点滅していた。海外のホームドラマに出てくる家によく似ている。

小さな鈴芽はわくわくしたように足を弾ませ、エリカの家に入る。

家の中も至るところにクリスマスの装飾がされ、電飾が輝き、大きなテーブルの上には高そうなケーキやチキン、ピザ、サンドウィッチなどの料理が山ほどある。

そして部屋の中央にそびえる巨大なツリーの足元には、プレゼントの箱が何個も積み上がっていた。

やがて派手なドレスを着た女の子が、堂々とした様子でツリーの近くに歩いていく。そして自慢げな顔で、プレゼントの箱を一つ一つ開き始めた。

周囲の子供たちは彼女の周囲に群がり、羨《うらや》ましそうにその姿を眺めている。

おそらく彼女がこの家の娘、エリカだろう。

箱の中からは、子供が欲しがりそうなものがたくさん出てきた。テディベアのぬいぐるみや最新のゲーム機、ピンク色のポーチにお洒落なワンピース、カラフルな仕掛け絵本。

しかし新しく開封した箱の中身を見て、エリカは思いきり顔をしかめた。

『これ、エリカの欲しいのじゃないっ！』

エリカが両手でかかげたのは、かわいらしい人形だった。栗色の髪に、大きな瞳、そして上品な茶色いワンピースを着ていた。作りの丁寧さからして、おもちゃ屋で量販されているような感じではない。

その人形に既視感を覚え、俺はじっと注目する。

近くでエリカを見守っていた父親らしき人は、オロオロしていた。

『こんなのいらないっ！　いらないもん！』

エリカは床に人形を投げ捨て、ワーワーと大声で泣いた。周囲の子供たちは、きょとんとしてそれを見つめている。

隣に立っていた鈴芽が、その光景を見て呟いた。

「私はあのお人形を見て、とってもかわいいのになって思ったのを、覚えてる」

エリカの父親らしき人は、懸命に彼女をなだめた。何とか娘の機嫌を取ろうと、困ったように微笑む。

『ごめんなエリカ、ちゃんとエリカが欲しがっていた人形を買ってくるから。その時、別のお人形も一緒に買ってもいいから。なぁ？』

他の人形も貰えると言われたエリカは、機嫌をよくしたようだ。さっきまで泣いていたのに、コロッと笑う。

朧がぼそっと毒づいた。

「調子のええやっちゃなぁ」

エリカは先ほど投げ捨てた人形を再びつかみ、部屋の隅にあった暖炉《だんろ》に駆け寄る。

『他のお人形が貰えるならいいや！　じゃあこれは燃やしちゃえ！』

「なっ……！」

俺は思わず、その手を止めようとした。

とはいえこれは過去であり記憶で、俺は干渉できない。

だがエリカの近くから小さな手がさっと伸びて、燃えそうになっていた人形を受け止め、ぎゅっと抱きしめた。

『待って！』

そう叫んで、人形を救ったのは鈴芽だった。

『そんなことしたら、お人形が可哀想だよ！』

鈴芽は幼い頃から、芯の強いところがあった。言わなければいけないと思ったことは、たとえ大人相手でもハッキリ意見できる性格だった。

『じゃあ鈴芽ちゃんが持って帰ればいいじゃない。エリカはこんなのいらないもん！』

おそらく嫌味だったのだろうが、鈴芽は人形とエリカを見比べ、それから瞳を輝かせる。

『えっ、本当？　本当に、私が貰ってもいいの？』

俺も鈴芽も、祖父に遠慮して欲しいものをねだれなくて、プレゼントなんてほとんど貰ったことがなかった。鈴芽はずっと、こういう人形が欲しかったのだろう。

満面の笑みでぎゅっと人形を抱きしめて、エリカに言う。

『ありがとう、エリカちゃん！』

人形の表情が、心なしか嬉しそうに微笑んでいるように見えた。


鈴芽はそんな光景を不思議そうに見下ろして、さみしげに言う。

「そうだ……、そうだった。私、この人形に、千鶴って名前をつけた。どうして忘れていたんだろう」

いつの間にか、鈴芽の隣に千鶴が立っていた。だが千鶴はぼんやり光っているようで、存在感が希薄《きはく》だ。

「私も、ずっと忘れていた。ようやく思い出した。そう、この人形が、本当の私の姿」

やっと違和感の正体が分かった。

鈴芽はずっと人形を大切にしていた。

千鶴と会った時に妙な既視感があったのは、彼女がこの人形にそっくりだったからだ。

それからの鈴芽は、どこに行くのも何をするのも、人形と——千鶴と一緒だった。

鈴芽は買い物に行く時も、公園で遊ぶ時も、決まって千鶴を連れていった。

やがて鈴芽は小学三年生になる。

『どうして志波って、いつも授業参観にお父さんとお母さんじゃなくて兄ちゃんが来るの？』

鈴芽はむっとした様子で答える。

『いいじゃん、別に』

『よくねーよ。へんじゃん、何でだよ？　なぁ、答えろよ志波』

近くにいた鈴芽の友達が、彼を止めようとする。

『ちょっとやめなよ、鈴芽ちゃんのお父さんとお母さんは、ほら……』

『なぁ、何でだよ志波。何でだか言えよ、志波！』

鈴芽はしつこく聞こうとする男の子の胸を突き飛ばした。

『うるさいっ！』

思った以上に力が強かったらしく、突き飛ばされた男の子は後ろに倒れた。驚いた彼はわんわん泣いて、教室は大騒ぎになった。

鈴芽の担任に連絡を貰った俺は、慌てて小学校に向かい、相手の子と両親に謝りにいく。

病院に行った結果、相手の男の子はどうやら腕を骨折したらしい。鈴芽が誰かにケガをさせたことに驚いたし、とにかく平謝りするしかなかった。

『鈴芽、どうしてこんなことしたんだ？　理由を教えてくれ』

『鈴芽は悪くないっ！』

『突き飛ばしたのに、悪くないってことはないだろ！　相手の子、腕が折れちゃったんだぞ！　どうしてそんなことをしたんだって、理由を聞いてるじゃん。何があったんだ？』

『バカバカ、お兄ちゃんなんて大嫌い！』

幸い相手の男の子は自分も悪いからと話し、骨折も一ヶ月くらいギプスをしていれば治るということで、騒動は一段落した。だが、俺はなぜ鈴芽がそんなことをしたのか理由が分からなかったので、ずっともやもやしていた。

思えばこの時から、鈴芽が反抗的になった気がする。

長年の疑問が解決し、少しだけほっとした。

「こういう事情があったんなら、きちんと言ってくれればよかったのに」

鈴芽に声をかける俺を見て、朧は溜め息を吐いた。

「鈍いなー、お前」

「え？」

「それを話したらお前が傷つくと思って、鈴芽ちゃんは言えんかったんやろ」

「あ……」

そっか。もともと、親がいないのがおかしいって言われたんだもんな。そのことを話したら、俺が気にすると思ったのか。

「ごめんな、鈴芽」

そう言うと、鈴芽はぷいとそっぽを向いた。

「別に、もう昔の話だし」

相手の子がそこまで気にしていないとはいえ、その事件の後から一週間ほど、鈴芽は学校に行けなくなった。自分のしてしまったことへの罪悪感からだろうか。

一日中家にこもり、どこにも行かない日が続いた。

俺と爺ちゃんも何度も声をかけたが、原因が分からないので、どうしたらいいのか分からない。爺ちゃんは俺に対しても怒るし、家の雰囲気はどんどん悪くなるしで、鈴芽はますます部屋から出てこなくなった。

ある日の朝、部屋にこもって鈴芽がベッドに座っていると、玄関の呼び鈴《りん》が鳴った。

その時家にいたのは、鈴芽だけのようだ。

鈴芽が不審に思いながら扉を開くと。

そこに立っていたのは——驚いたことに、人間になった千鶴だった。

栗色の長い髪の毛、真ん丸な瞳、ほんのり染まった頬。それに鈴芽と同じくらいの背丈。どこからどう見ても、千鶴は人間の、かわいらしい女の子だった。

鈴芽はこの時三年生だったから、当然今より少しだけ幼い。だが千鶴は、この時も今も、まったく同じ姿だ。

『こんにちは、鈴芽ちゃん。私、千鶴だよ』

鈴芽は不思議そうに、千鶴のことをじっと見つめる。

『誰？　私のこと、知ってるの……？』

『うん、鈴芽ちゃんのことなら、ずっと前から知ってるよ。ねぇ、一緒に遊ぼう』

『だけど、私学校に行ってないし……』

戸惑う鈴芽の手を引いて、千鶴は歩き出した。

『ほら、学校には行かなくてもいいから、遊びにいこうよ！』

俺は近くでぼんやり光っている千鶴に向かって言った。

「鈴芽を連れ出してくれたのは、君だったのか」

千鶴はこくりと頷いた。こうして微笑んでいる姿は、人形になんか見えない。

「ずっと部屋で泣いている鈴芽ちゃんを、見ていられなかったの。鈴芽ちゃんはいつも、私にいろんなことを話してくれた。その日あった嬉しいこと、悲しいこと、友達のこと……。だけど学校に行かなくなってからの鈴芽ちゃんは、ずっと悲しそうな顔をしていた。私はほっとけなかった。だから人間になって、鈴芽ちゃんの友達になりたいって、願ったの」

朧は腕を組んで、厳しい表情で言う。

「大切にされたもの、特に人形には魂が宿りやすい。せやから俺もこういう依頼は何度か受けた。けど、ここまでハッキリ人の形になって、他の人間にまで見える形で現れるんは、かなり珍しいな」

記憶の中の鈴芽と千鶴は、家を出てから手を繋いで、街へ出かけた。

まず最初に向かったのは、ゲームセンターのようだ。

『お爺ちゃんが子供だけで、ゲームセンターに入っちゃいけないって……』

鈴芽は焦ったように千鶴を説得するが、千鶴は暢気《のんき》な様子だ。

『一回だけなら、平気平気。それに、ダメって言われてることってちょっとやってみたいじゃない。でも私、お金を持ってないんだけど』

『あ、私、ちょっとならお小遣いがあるよ。一緒にやろうか』

千鶴と鈴芽は、クレーンゲームを何回かやって楽しんだ。だがすぐに店員に見つかってしまい、慌てて店から逃げ出す。

無事に逃げ出した二人は、顔を見合わせて可笑しそうに笑った。

『みんなが学校にいってる時にこうやって遊ぶのって、ダメなんだろうけど、何だかわくわくする』

そう言って、鈴芽はほっとしたように微笑んだ。

『よかった、やっと笑ってくれた』

千鶴にそう言われ、鈴芽はより嬉しそうに頷いた。

それから二人は商店街で服を見たり一緒にクレープを食べたりして、帰宅した。

千鶴は鈴芽の部屋に置いてあったビーズを見て、考え込むように訊ねる。

『ねぇ鈴芽ちゃん、ここにあるビーズは使ってないの？』

『うん、昔工作か何かする時に買ったのかな』

『そうなんだ。じゃあ私、これ、使っていいかな』

『うん、いいけど……何を作るの？』

千鶴は、秘密、と呟いてビーズで何かを作り出した。

こうして一日中遊んだ鈴芽と千鶴は、すっかり仲よくなったようだ。

鈴芽は公園でベンチに座り、暮れていく空を見つめながら千鶴に話しかける。

『不思議だね。千鶴とは初めて会ったはずなのに、ずっと昔から一緒にいるみたい』

千鶴は何も答えず、鈴芽の隣でにっこりと微笑む。

『千鶴。私ね、学校に行かないといけないって思う』

『うん、そうだね』

千鶴は全部分かっていたように、一緒に空を見つめる。

鈴芽はぎゅっと手を握りしめた。

『だけど、どうしても怖いんだ……。ずっと休んでいたのに、今さら来て何だよって思われそうで、怖い』

千鶴はそんな鈴芽の手を開かせ、何かを握らせた。

鈴芽は不思議そうに、そっと手を開く。

『……かわいいヘアピン』

そこにあったのは、ビーズで作られた花がついた、ヘアピンだった。

『これ、私が作ったの。さっき、鈴芽ちゃんの家にあったビーズを使って。千鶴とお揃いだよ』

確かに彼女が話すとおり、千鶴も鈴芽に渡したものと色違いのヘアピンを持っている。

『これをつけていれば、離れていても鈴芽ちゃんと千鶴は、いつも一緒だよ』

鈴芽はそのヘアピンを大切そうに撫で、頷いた。

ヘアピンが、不思議な光を放つ。続けて千鶴は言った。

『鈴芽ちゃん、私たち、同じクラスでしょ？　私が教室にいるから、怖くないよ！』

鈴芽は少しの間ぼんやりしていたが、やがてそれを受け入れた。

『千鶴と、一緒の、クラス……？　そっか、そうだったっけ？　それならもう、何も怖くないね』

『うん！』

記憶はそこで終わりのようだった。公園にいる二人は眩い光に包まれて、消えていく。

◇◇◇

いつのまにか、俺たちはボロボロの旧校舎に戻っていた。

千鶴と鈴芽は、数歩離れた場所で、互いに向かい合っている。

俺と朧は二人を黙って見守る。

鈴芽は呆然とした様子で、目の前にいる千鶴の姿を見つめながら、掠れた声で言う。

「千鶴が、あの人形だったんだね……。信じられない……って言いたいけど、何だか納得しちゃった」

それを聞いた千鶴は、さみしそうに話す。

「あのね、私、鈴芽ちゃんが学校に行けなくて部屋に一人でいる時、神様にお願いしたの」

鈴芽は目を丸くして、不思議そうに問いかける。

「神様に会ったの……？」

神様という言葉に、朧が険しい顔をする。俺はどうしたのだろうと、彼の様子をうかがった。

「うん。そうしたら、神様は私を少しの間だけ、人間にしてくれるって言った。そして私は本当に人間の身体を貰って、鈴芽ちゃんと一緒にいられた。幸せだったなぁ。もうずっと、自分が人形だってことすら忘れてた。少しって言っていたのに、鈴芽ちゃんと一緒にいるのが楽しくて、結局三年も経っちゃった。だけど、そろそろ時間切れだね。元の姿に戻らないと」

鈴芽はポロポロと涙を流しながら、千鶴に問いかける。

「私のことが、嫌いになったから？」

「違うよ！」

千鶴はガラス玉のような瞳で鈴芽を見つめながら、必死に訴える。

「ヘアピンを渡したあの日から、鈴芽ちゃんはまた学校に行けるようになった。友達もたくさんできて、明るくなって。……そして人形の私に話しかけることも、少なくなった」

「千鶴、それは……！」

千鶴はそのことを責めてるんじゃないよ、と優しく微笑む。

「私も分かっていたの。鈴芽ちゃんは、どんどん成長していく。人形の私は、ずっと同じ姿のまま。このまま鈴芽ちゃんの側にはいられない」

鈴芽は改めて自分と千鶴の姿を見比べる。

そして彼女が自分よりずっと幼いことに、初めて気がついたように眉を寄せる。

「鈴芽ちゃんにたくさん友達ができたらいいって思っていたのに、本当にそうなって鈴芽ちゃんが私に話しかけなくなったら、さみしくなったの」

千鶴は苦笑いをして、自分の足元を眺めた。

千鶴の周囲に、光の粒が舞う。彼女の指先はだんだんと薄くなり、消えそうになっている。

「考えてみれば、鈴芽ちゃんが他の子と仲よくしている時に、決まって物が壊れたり、ガラスが割れたりしてたね。私、きっとその子たちにやきもちを妬《や》いていたんだ」

鈴芽は駆け寄って、ぎゅっと千鶴の小さな身体を抱きしめた。

「ごめんね、千鶴！　私が一番つらい時、一緒にいてくれたのは千鶴だったのに。大切な友達なのに、さみしい思いをさせてごめんね！」

「謝らないといけないのは、私の方。ごめんね鈴芽ちゃん、怪奇現象なんて起こって怖かったよね。人形の私と友達になってくれて、ありがとう。それに、私が燃やされそうになった時、鈴芽ちゃんが私を助けてくれたよね。私、鈴芽ちゃんに大切にしてもらえて、幸せだった。あの時のお礼を、ずっと言いたかったんだ」

千鶴は鈴芽の頬に触れ、涙を拭いながら微笑んだ。

「人形に戻ったら、そうしたら、千鶴はどうなるの？」

千鶴はさみしそうに目を伏せた。

「私の魂は、この人形から消えてしまうと思う。今のように、話したり遊んだりはできなくなるね。それに、他のみんなの記憶からも、私は消えちゃうんだ」

「そんなのやだ！」

千鶴は目を細め、鈴芽の手を優しく握った。

「考えてみれば、今までの方が奇跡だったんだよ。私、人形なのに、鈴芽ちゃんや他の友達と、普通の人間みたいに小学校で過ごすことができた。楽しかったな……。それにみんなが私を忘れても、私は鈴芽ちゃんのこと、絶対忘れないよ。鈴芽ちゃんも、覚えていてくれる？」

「当たり前でしょ!?　ずっとずっと一番の親友だったんだから！　これからも、一緒にいたいよ」

「……大丈夫だよ。鈴芽ちゃんには、もう私の他にも、友達がたくさんいるんだから。もう、部屋で一人きりで泣くことはないよね？」

「他の友達がいたって、私にとって千鶴はたった一人だけだよ！　嫌だ、嫌だよ！　千鶴……！」

泣いてすがろうとする鈴芽の髪に、千鶴が優しく触れる。

千鶴とお揃いのヘアピンが、キラリと光った。

「大丈夫だよ。これがあれば、いつも一緒じゃない。私がいなくても、大丈夫だよね」

そう言われた鈴芽は溢れる涙を拭いながら、こくりと頷いた。

「……うん。千鶴がいたから、今の私がいるんだよ。千鶴がいなかったら、私、あのまま学校に行けなくなってたかもしれない。千鶴が一緒にいてくれたから、いつも楽しかった」

鈴芽はヘアピンに触れ、それからゆっくりと千鶴の手を離す。

「ありがとう、鈴芽ちゃん」

千鶴は光に包まれ――やがて、人形の姿に戻ってしまった。

鈴芽は泣きじゃくりながら、少しくたびれた人形をぎゅっと抱きしめる。

「たとえもう、会えなくても……。千鶴がずっと一緒にいてくれると思って、頑張るから。私は千鶴のこと、絶対に忘れないから。ありがとう、千鶴。……大好きだよ」

俺は泣いている鈴芽を、ただ見守ることしかできなかった。

ひとしきり泣いた後。鈴芽は少し落ち着いたようだった。

俺は親友を失った鈴芽にどんな言葉をかけていいのか分からず、オロオロしていた。

そんな俺を睨み、鈴芽はいつもの少し生意気な口調で言う。

「何、気を遣ってるのよ、お兄ちゃんのくせに」

「いや、だってさ……」

鈴芽は俺を無視し、しゃんと背筋を伸ばして、朧に向き合う。

「榊原さん」

声をかけられた朧は、紫の瞳を鈴芽に向けた。

「千鶴のこと、ありがとうございました」

鈴芽はそう言って、深々とお辞儀をする。

朧は穏やかに微笑んだ。

「いえ、私は今回、特別なことは何もしていませんから」

それを聞いた鈴芽は、ニコリと歯を見せて微笑む。

「榊原さん、さっきと話し方が違うよね？」

朧は少し気まずそうに、苦笑した。

「え？　あー……、もうええか。俺、関西の方の出身でなぁ。普段は客の前では素、出さんようにしとるんやけど。内緒にしとってな？」

鈴芽は嬉しそうに目を細め、そっちの方がいいと笑う。

「榊原さんは、うちの両親のこと知ってますか？」

問いかけられた朧は、チラリと俺の方を見た。

「まぁ、大体は」

「私たちのお父さんとお母さん、強盗に殺されたんです。うちのお爺ちゃん、骨董品を集めるのが好きで。それを目当てにした強盗が、家に入ってきて」

朧は真剣な表情でそれを聞いている。

「最初にお父さんが刺されて、異変に気づいたお母さんが、お兄ちゃんと私を物置に逃がして。私たちは助かったけど、お兄ちゃんは二人が死んだのを、目の前で見たんです。私は赤ちゃんだから、何も覚えていないけど……。お兄ちゃんはバカだから、二人が死んだのを、自分のせいだと思っているみたいで。そんな訳、ないのにね」

俺はその言葉に驚いた。事件の話は、俺と鈴芽にとって、ずっと触れられない出来事だった。

「お兄ちゃん、お父さんとお母さんを助けられなかったから、目の前で困っている人がいると、絶対にほっておけないの。全然関係ない人でも、見過ごすことができないみたい」

鈴芽は屈託ない表情で笑う。

「お兄ちゃんって、本当にバカだよね」

「せやな、ほんまアホやな」

二人して、そんなバカだのアホだの言わなくても……。

けれどそう言って笑った鈴芽は、何だかずいぶん大人になったように見えた。

背筋を伸ばし、鈴芽はもう一度朧にお辞儀をする。

「榊原さん、危なっかしい兄ですが、これからもどうぞよろしくお願いします」

朧は珍しくやわらかい表情で微笑み、それにこたえる。

「こちらこそ。志波より鈴芽ちゃんの方が、よっぽどしっかりしとるなぁ」

俺と朧は太田先生に除霊が完了したことを報告する。

「あの、鈴芽と同じクラスの、千鶴ちゃんのことなんですけど……」

そう言うと、太田先生は不思議そうに首を傾げた。

「千鶴？　そんな子は、うちのクラスにはいませんが……」

やはり千鶴のことは、俺たち以外の人間の記憶から消えてしまったようだ。

仕方ないとはいえ、どうにもやるせない気分になる。

朧は俺と太田先生の間に入り、事後報告をした。

「とにかく、今後学校で怪奇現象が起こることはないはずです」

朧が綺麗に微笑んでそう言うと、太田先生は緩みきった顔で答える。

「そうですか、本当にありがとうございます！　またいつでも遊びに来てくださいね！」

そう言って、太田先生はぶんぶんと嬉しそうに手を振って俺たちを送り出した。

朧、老若男女問わずモテるよな。


俺は荷物を取りに帰るため、朧と一緒に事務所に戻ることにした。

いつの間にか、すっかり夕暮れ時になっていた。オレンジ色の夕陽を見つめながら、ぼんやりと歩道を歩く。

「なんか、さみしいよな」

「あ？」

「千鶴のこと、太田先生も、忘れちゃってただろ。みんな千鶴のことを忘れて、結局千鶴のことを覚えているのは、俺たち三人だけなんて」

そう話すと、朧は小さく息を吐いてから答えた。

「幽霊やら魂なんて、そんなもんや。結局生きとる人間の方が強い。せやけど、鈴芽ちゃんが覚えとるんや。それでええんちゃうか？　一番大切な人の記憶に残り続けられるんなら、千鶴やって幸せやろ」

俺はその言葉を聞いて、思わず口元が緩んだ。

朧は突き放したようなことを言うけど、何だかんだ優しい。

ただ、と呟いて、朧は何か引っかかるような表情をした。

「どうしたんだ？」

「いや……千鶴の言うてた、神様っていうんが、ちょっと気になってな」

そういえば、千鶴がそんな話をしていた時、朧は険しい顔をしていた。神様って、本当にいるんだろうか？

朧は釘《くぎ》を刺すように俺に言った。

「ま、それはええわ。言っとくけど、今回の料金はきっちりお前に請求するからな」

「え!?　今回の件は、赤城社長からの依頼じゃないのか!?」

「そっちはそっちでもちろん請求するし、お前からの依頼の分はきっちりお前から徴収するで」

相変わらずだなー。まぁいいか、朧が鈴芽を助けてくれたのは事実だし。

俺は朧の横顔を見つめながら、ふっと微笑む。

「ありがとな、朧」

そうお礼を言うと、朧はふんと息を吐いた。

「別に、仕事やからやっただけやし」


翌日。俺は朧の事務所に向かう前に、駅前の雑貨店に寄っていた。

この店には、朧の好きそうなかわいいぬいぐるみのキーホルダーがたくさんあった。

鈴芽がお世話になったし、お礼ってほどじゃないけど、何かプレゼントでも買っていこうと考えたのだ。

「うーん、ウサギとか猫もかわいいけど、やっぱキツネかなー。もなか先輩もキツネだし、ベッドにいたのもキツネだし、キツネが好きそうだよな。よし、これにしよ！」

俺は結局キツネのキーホルダーを選び、包装してもらった。

プレゼントの包みをジーンズのポケットに入れ、浮かれた気分で事務所に向かう。

「朧、喜んでくれるかなー」

これを見せたらあいつ、どんな反応するだろう。

素直にお礼を言うことはないだろうけど……最初は怒ったように「余計なことをするな」って言って、でもしっかり受け取るかな。

想像しただけで、思わず頬が緩んだ。

そうしていつものように、鍵を開けて事務所に入ろうとすると。

入り口の前に、黒いスーツ姿の女性が立っていた。まるでモデルみたいに顔が小さく、手足が長い。腰まで伸びる黒髪を、後ろで一つに結んでいる。

少し冷たい雰囲気ではあるが、文句のつけようもない美人だ。年は二十代前半くらいだろうか。彼女の傍《かたわ》らには、銀色のキャリーバッグのようなものがあった。

いったい何者だろう？　依頼者だとしたら、中に案内した方がいいだろうか。

俺の姿に気づき、彼女はこちらに視線を向けた。

「榊原さんはいらっしゃいますか？」

「えぇと、どちら様でしょう？　ご予約はされてますか？」

女性は凜とした表情で、ハッキリと告げた。

「私は朝比奈《あさひな》といいます。榊原さんと同じ、陰陽課の人間です」

四柱　過去と未来を繋ぐ鏡

「陰陽課の、朝比奈さん……？」

ということは、この人は朧と同じ陰陽師なのだろうか。

そして現代の陰陽師って、男女問わずやっぱりスーツ姿なのか。一見普通の会社員に見える。

俺がぼんやりしていると、彼女はキッと眉を吊り上げて詰め寄った。

「榊原さんは、いらっしゃいますか？　どうなんですか⁉」

「あ、はい、います、います。今の時間なら、大丈夫だと思います」

彼女の剣幕《けんまく》に負け、室内に案内することになった。

ちょっと怖いな、この人。そもそも建物の中に入れる前に、朧に話を通すべきだった。

俺は早くも後悔しながら、ぎくしゃくと廊下を歩き、彼女を応接室まで案内した。

「こちらです、どうぞ」

朝比奈さんは高座椅子に行儀よく座り、落ち着いた雰囲気で朧を待つ。

数分後、朧が応接室にやって来た。

だが、彼が張りつけたような薄い笑みを浮かべているのに気づき、背筋が冷たくなった。

どうして朧、だいぶ怒っている時の顔をしているんだ。

　俺が一人で戸惑っていると、朝比奈さんは落ち着き払った様子で指摘した。

「笑いながら怒るなんて、相変わらず難しい芸当ができるのですね。尊敬してしまいます、榊原さん」

　あれ、この人、朧が怒っているのに気づいているのか。

　昔からの知り合いだからだろうか。

　朧の本性を知っている人が現れたことに、驚きと、かすかな胸のざわつきを覚える。

　朧は腕を組んで不機嫌そうに朝比奈さんの向かいの椅子に腰かけ、彼女を睨みつけた。

「朝比奈、こんなところまでわざわざ嫌味言いにきたんか？　一体何の用や」

「久しぶりに会ったっていうのに、ずいぶんな態度ですこと」

　朝比奈さんは悠々とした態度で、お茶をすすった。

　全然動じないなぁ、この人。俺が怒られてるわけでもないのに、居心地が悪くて仕方ない。

　部屋を出ていくタイミングを逃し、朧の少し後ろに正座してしまった。

　すると障子が開き、ひょっこりともなかが顔を覗かせる。

「先生、朝比奈さんがおるって聞いて、ちょっともなかも挨拶させてもらお思ったんですけど、よろしおすか？」

朝比奈さんはもなかを見ると、さっと懐から飴玉を取り出し、もなかの手の上に乗せた。

「お久しぶりです、もなかさん」

「朝比奈さん、ご無沙汰してますー。何年ぶりでしょうねー。ますます美人さんになったんちゃいますかー?」

「あら、そういうもなかさんも、より一層尻尾のもふもふ具合に磨きがかかったみたいよ」

「ほんまー? やっぱり分かる? 最近、尻尾専用のブラシを買ったんよ。それでブラッシングすると、つやつやになるんよ」

「なるほど、もなかさんの美意識の高さは見習わないといけないですね」

えっ、何、女子会……? もなかの性別が分からないけど、会話からして、おそらく女子かな。

「それじゃ朝比奈さん、ごゆっくり」

もなかはぺこりとお辞儀をして、もふもふと応接室を去っていった。

それまで黙って様子を見ていた朧は、苛立ったように顔をしかめて言う。

「おい朝比奈、さっさと本題に入らんかい」

「あら、せっかくここまで来たのに、少しくらい世間話をしてもいいじゃありませんか。榊原さん、そんなにせっかちだと女性に嫌われますよ」

朧はべっと舌を出して言う。

「残念やったなー、せっかちやろうが何やろうが、言い寄ってくる人間なんか掃いて捨てるほどおりますー。面倒やから、恋人なんかしばらくいらんけどなー」

二人の間に、バチバチと火花が飛び散っているように見える。

朧と朝比奈さんは、どういう関係なんだろう。朧の本性も知っているみたいだし、本当にただの元同僚なんだろうか。銀髪で紫色の瞳を持つ朧と、長い黒髪で和風美人の朝比奈さんは、一見まったく正反対に見えるのに、こうやって向かい合っていると、妙にお似合いだ。

もしかして、恋人、いや、元恋人とか……？

朧はこのままではらちがあかないと考えたのか、諦めて話を聞く気になったようだ。だるそうに朝比奈さんに話しかける。

「で、今日は何の用や？　大した用がないんやったら、さっさと帰ってもらいたいんやけど」

「今回ここを訪れたのは、榊原さんに仕事の依頼をするためです」

「依頼ぃ？」

「はい。あなたのことを、一流の陰陽師と見込んでの相談です」

出した。

「それはありがたすぎて、涙が出るわ」

朝比奈さんは持っていた小さめのキャリーバッグの中から、布に包んだ何かを取り出した。

「これを見てください」

布の中から現れたのは、古びた鏡だった。大人が片手で抱えられるくらいの大きさで、正面から覗けば、ちょうど顔から首くらいまでが映る。鏡のフレームはくすんだ金色で蔦《つた》と二匹の蛇が絡み合った重厚な装飾が施されている。

しかし、鏡のはずなのに――一瞬水面に浮かぶような波紋が現れ、表面が揺らいだ。

俺は驚いて、ゴシゴシと目を擦《こす》った。

次の瞬間には、ただの鏡に戻っていた。見間違いだろうか……？

朧は腕を組んで、真剣な表情で鏡を睨みつけた。

「また面倒そうなもんを持ち込んできたなぁ。でもこれを祓うんやったら、お前の師匠の方が適任やろ。どうしてわざわざ俺のところに持ってきたんや」

朝比奈さんは静かに語り出した。

「この鏡は、師匠の最後の仕事なんです。だから私は、どうしてもこの鏡を浄化《じょうか》したい。だけど、自分一人の力では、手に負えなくて」

それを聞いた朧は、目を見開いて朝比奈さんを覗き込む。

「最後って、どういうことや？　それに、一人って……まさか、あの人に何かあったんか!?」

朝比奈さんは無表情のまま話した。

「心配しなくても、鳳《おおとり》師匠は元気ですよ。毎日ボウリングに行ってます」

「何やねん、心配して損したわ」

朧もやれやれといった様子だが、鳳という人が無事と知り、少しほっとしたように緊張を解く。

朝比奈さんは俯きがちになり、口元に手を当てて悩むように言った。

「でも、もう鳳師匠には、陰陽師としての力がほとんど残っていないんです」

「どういうことや？」

「榊原さんも知っているでしょう？　陰陽師としてずっと力を持ち続けられる人もいれば、年々その力を失っていく人もいます。鳳師匠は後者だったようです」

それまで邪魔にならないように黙っていたが、力を失うという言葉が気になり、二人に訊ねた。

「あの、陰陽師の力って、なくなってしまうんですか？　その鳳って人は、どんな方なんでしょう？」

朝比奈さんは表情をやわらかくして語り出す。

「鳳師匠の御年は九十四歳。彼が活躍していた時代、陰陽師で特別偉大な実力者が四人いたのですが、そのうちの一人、『北の鳳』と言われるくらい、この世界では名の通った方だったのです。もともとは、北海道の出身らしいですね」

朧が懐かしそうにその話を引き継いだ。

「普段は穏やかで、気のいい爺さんなんやけどな。一度悪霊を目にすると、荒々しいくらいの気迫で、近くにあるもん全部破壊するような勢いで祓ってしまうんや」

朧が素直に人を褒めるなんて、よっぽどすごい人だったのだろう。

「そんなに強い人なのに、力がなくなっちゃうのか……」

「あぁ。陰陽師の素質――霊感とか、気とかいうもんやな。目に見えんから、説明しづらいけれど。そういうもんがだんだんすり減っていったり、ある日突然なくなったりして、引退する人間もおる。死の直前まで力を使い続けられる人間と、力を失う人間の差が何かは、まだ分かってないんや」

流れるような口調でそう説明した朧は、一度言葉を切り、目を細めてポツリと呟いた。

「そうか……鳳の爺さん、力がなくなってもうたんか。一時代を築いた人やったのに」

朧は一瞬感傷に浸ると、また鏡に話を戻した。

「で、この鏡、どっから持ち込まれたんや？」

「この鏡はもともと、鳳師匠のご友人が所蔵していたんです。いわく、鏡を購入してから、妙な気配がするので鳳師匠に見てもらいたいと。しかし、その方は……」

事情を察したのか、朧が渋い顔で俯く。

「鳳の爺さんが訪れた時には、もう友人は死んだ後やったってことか？」

「そうです。鳳師匠は彼の自宅で鏡を発見し、禍々《まがまが》しさを感じ取ったそうです。ご友人への弔《とむら》いも兼ねて、鏡を陰陽課へ持ち帰りました。しかしその直後、鳳師匠の力はなくなってしまいました」

朝比奈さんは瞳に熱意を込め、じっと朧を見つめた。

「鳳師匠のためにも、私はこの鏡の浄化をどうしても成功させたいんです。この話を打ち明けられるほど実力があり、信頼できる人間と考えて、一番に思いついたのが榊原さんでした」

朧は迷惑そうに顔をしかめる。

「何で俺やねん。他にもぎょうさんおるやろ」

「いません。こんな凶悪なものをどうにかできそうな人なんて、他には。陰陽課で天才とうたわれ、最年少で資格を有したあなたくらいにしか、相談できません」

「昔の話や」

朧と朝比奈さんが対等に自分の意見を口にする様子を眺めていて、どうしても二人

らってもできるのだろうか？

の間に入っていけない空気を感じた。

俺は陰陽師の仕事について詳しくないし、除霊もできないから、こんなふうに渡り合えない。もし俺にも陰陽師としての才能があれば、朧を助けたり、もっと頼ってもらったりできるのだろうか？

考えても仕方がないとは分かっているが、そんな自分を口惜しく思った。

机に置かれた鏡をじっと眺めていると、それに気づいた朧が口を開いた。

「日本には、三種《さんしゅ》の神器《じんぎ》っていうんがあるやろ」

俺は聞き覚えのある言葉に、曖昧《あいまい》に頷いた。

「うん、でも詳しくは知らないや」

「八咫鏡《やたのかがみ》、八尺瓊勾玉《やさかにのまがたま》、草薙剣《くさなぎのつるぎ》や。そのうちのひとつ、八咫鏡《やたのかがみ》が何に使われたかっていうとな。太陽神である天照大御神《あまてらすおおみかみ》が天岩戸《あまのいわと》にこもった時、世界中が暗黒に閉ざされて、さまざまな災いが発生した。困った八百万《やおよろず》の神々は集まって、どうやったら外に出てくるやろ、って相談したんや」

天岩戸の話はどこかで聞いたことがあるな。

「それで神々は、服を脱いだり踊ったりして騒いでな。『他に尊い神が現れたから、天照大御神はもう出てこんでもええで』言うたりして。みんなが楽しそうにしとるんが気になった天照大御神は、思わず岩戸を開いた」

こうやって聞くと、神様ってなかなか人間くさい性格をしている。

「その時外にいた神様が、八咫鏡を掲げた。鏡に映ったんは、天照大御神本人の姿やった。尊い神ってのはあんたしかおらんでってことやな。こうして世界は再び明るさを取り戻したちゅう話や」

俺は感心してなるほど、と呟いた。

「じゃあ、世界が明るくなったのもある意味鏡のおかげっていうか、すごく重要な役割を持ってたんだ」

「あぁ。鏡には不思議な力が宿っとるという逸話《いつわ》が多い。卑弥呼《ひみこ》やって、『三角縁神獣鏡《さんかくえんしんじゅうきょう》』って鏡を占いに使ってたいうし、童話の『白雪姫』でも、鏡は重要なアイテムやろ。あと、アリスいうたら『不思議の国のアリス』の方が有名やけど、『鏡の国のアリス』って話もある。鏡は異世界への入り口になってて、アリスがいろいろ旅する話やな」

「この鏡にも、何か不思議な力があるんですか？」

俺が問いかけると、朝比奈さんは粛々《しゅくしゅく》と答えた。

「この鏡は、『先見《さきみ》の鏡』と呼ばれています。その持ち主に、未来を見せる鏡なんです」

「えっ、未来が見える？　それは……すごい鏡ですね」

「はい。ただしこの鏡は持ち主に、必ず不幸な未来を見せるんです。師匠はこの鏡の持ち主を辿りましたが、その全員が自分の死に様、家族が病気になる姿、大切な人間の裏切り――そういう痛ましい未来をこの鏡に見せられ、そしてそのとおりに、必ず悲惨《ひさん》な最期を遂げていました」

朧は椅子の背もたれに背中を預け、長く息を吐いた。

「厄介《やっかい》なもんを持ち込んだなぁ。側におるだけで、嫌な空気がビリビリ伝わってくるわ」

そう言って朧は、懐から一枚の紙を取り出した。そして呪文を唱え、鏡に張りつける。どうやらこの呪符で、鏡の力が暴走しないように、一時的に封印《ふういん》しているようだ。

「分かった、まぁ仕事の依頼は引き受けてもええ」

「本当ですか？」

朧の紫の双眸が、厳しく光る。

「ただし、俺に馴れ馴れしくするな。さっさと帰れ。また聞きたいことがあったら、連絡する。それまでは、ここに一切近づくな」

俺は彼のあまりに冷たい言いぐさに、小さな声で呟いた。

「朧、せっかく昔の仲間が来てくれたんだろ？　そこまで冷たくしなくたって……」

朝比奈さんはそれを遮るように、ぴしゃりと言い切った。

「いえ、私は依頼さえ引き受けてもらえれば、それでかまいません」

朝比奈さんが帰ろうとした瞬間、朧は部屋の外からもなかに呼び出された。

「先生、ちょっとお客さんなんですけど」

「え、今か？」

朧は俺たちに声をかけて席を外す。

「悪い、俺ちょっと客の相手してくるわ」

「うん、分かった」

朧が部屋を出ていくのを見届けると、朝比奈さんも帰り支度を始めた。

「……それでは、私は失礼いたします」

俺は朝比奈さんの背中がなんだか悲しげに見えて、思わず呼び止めてしまう。

「あの！」

「どうされたんですか？」

朝比奈さんは長い髪を尻尾のように揺らし、こちらに振り向いた。表情は真顔のまだ。俺はどう切り出せばいいのか分からなかったが、もう少し彼女と話したいと思った。

「もし時間があったら、ちょっと話を聞きたいと思ったんですけど」

断られるかと思ったが、彼女はあっさり俺の誘いにのった。

「はい、私も最近の榊原さんのことが気になっていましたので」

「…………」

「…………」

勢いで引き止めたものの、しばらくぎこちない空気が流れる。初対面だし、何から話せばいいのか。

「あの確か、朝比奈さんは、陰陽課の方なんですよね？」

「はい」

「陰陽課というのは……えっと、国家機関でしたっけ？　さらっとは聞いたんですけど、あんまりピンとこなくて。どんな組織なんですか？」

「そもそも公にされていない組織なので、話せないことの方が多いのですが。警視庁の公安部と似たような立ち位置と考えていただければ、分かりやすいでしょうか。国家の安全と秩序《ちつじょ》を維持するという目的は同じです。全国にいくつか委員会がありますが、私が勤めているのは霞が関です」

「へえ……じゃあ、陰陽師って日本中にいるんですね」

「はい。世の中には、科学で解明できない事件も多いのです。そのために、陰陽課は今も存在しています」

「俺、陰陽師って朧しか見たことがないから、まだ現実感がなくて。陰陽課にいた頃の朧って、どんな感じだったんですか？」

朧のことを聞かれた朝比奈さんは、キラキラと瞳を輝かせ、身を乗り出して熱っぽく語り始める。

「普通、陰陽課に所属するのは十五歳からなんです。ですが、榊原さんは天才と言われて、陰陽師の国家資格も八歳で取得しました！」

「十五歳、という時点でだいぶ早い気がしますけど。八歳って、すごいんですよね？」

「もちろんです！　陰陽課にいる人間なら、誰もが彼の存在を知っていたし、私は憧れ、尊敬していました！」

俺は朝比奈さんの表情の変化に少し驚いた。こんな風に嬉しそうに語るということは、彼女もきっと、朧に心酔《しんすい》する人間のうちの一人なのだろう。

そうか。やっぱり朧って、特別な存在だったんだ。

「榊原さんは私のことを、ただの後輩だと思っていた……いえ、まったく眼中にすらなかったかもしれませんが、私はいつか彼に追いつきたいと、ずっとそう思っていました」

彼女がひたむきに話す姿を見て、俺は分かってしまった。

きっと、彼女が鏡のことを依頼したかったというのも本心だろう。

けれど半分は、朧に会うために訪れたんじゃないだろうか。

今日の朧の態度を思い出し、久々に会ったのにあの対応じゃ気の毒だと思う。

そう考えたのと同時に、胸の中でもやもやとした感情がくすぶるのを感じる。

何年も会えなくても憧れ続けてしまうほどに、彼女にとって、朧は特別な存在だったのだ。二人は、どんな風に時間を重ねてきたのか。

朧の近くにいられた朝比奈さんを、羨ましく思ってしまった。

「それに昔の榊原さんは、明るくてよく笑っていました」

「えっ、朧が!?」

驚くと、彼女はええ、と頷いた。

朧が屈託なく笑っている様子なんて、一度も見たことがない気がする……。

「あ、えっと、そうなんですね。朧、いつも俺をからかってばかりというか。本心が見えない感じで、ほとんど笑わないし」

「……あんなことがあったんだから、無理ないです。あの事件の日から、榊原さんは変わってしまいました。きっと、今でも苦しんでいらっしゃるんですね」

そう呟いた彼女は、耐えがたいことを思い出したように、目を伏せて唇を少し歪めた。

彼女の深刻な表情に、思わず問いかける。

「あんなことって？　朧に何があったんですか？」

　すると朝比奈さんは、意外そうに目を見開いた。

「えっ、知らないんですか？」

「はい、昔のことは、あんまり……」

「そう、ですか。珍しく彼が近くに人を置いているから、てっきりあなたのことを信頼しているのかと思いました。過去のことを詳しくお話ししていないということは、その程度の仲なんですね」

「なっ……！」

　朝比奈さんは自分の言葉を恥じるように、口元を押さえた。

「あ、いえ、失礼しました」

　反論したかったけれど、朝比奈さんにすぐに謝られてしまったので、感情の矛先を見失ってしまった。

〝その程度〟という言葉が、胸にぐさりと刺さる。

「私は……、あの事件の後から心を閉ざしてしまった榊原さんが、ずっと心配で……」

　切実な響きでそう話す朝比奈さんの顔は、何だか泣き出す直前の子供のようだ。

「志波さんが、彼を救う存在になってくれているなら、と……」

　そこで言葉を切った彼女は、表情を消し、次の瞬間には最初に会った時のように、凛とした雰囲気に戻っていた。

「いえ、過ぎた言葉でしたね。忘れてください」

事件とは、一体何なんだろう。

朧の人生を左右するような重大な出来事なのに、俺はそのことを一切知らない。

朝比奈さんは次の用事があるのか、腕時計にちらりと目を落とした。

「すみません、私そろそろ帰社しないといけないんです」

「あっ、そうですよね。ごめんなさい、引き止めてしまって」

「今日はありがとうございました。またうかがわせていただきます」

彼女は表情のない顔でお辞儀をし、去っていった。

取り残された俺は、椅子にもたれかかり、自分の足元を見つめる。

「何も知らなくたって、仕方ないじゃん。あいつ、自分のことは全然話さないんだから」

出会ったばかりだから、そうだとしても仕方ない。

だけど俺の誰にも知られたくない過去をあいつは知ってるのに、俺があいつの過去は何も知らないなんて、ずるいじゃないか。そんな子供っぽい、どうしようもない嫉妬をしてしまう。

朧はどんな子供で、どういう風に育って生きてきたんだろう。

知りたいと言ったら、話してくれるだろうか。そう思うけれど、拒絶されるのが怖くて、踏み込めない。

俺は大切なことを打ち明けられるほど、心を許す存在ではないってことなんだろうか。

もしそうだとしたら、少し悲しい。


事務室で仕事をしていると、朧も部屋に戻ってきた。

朧はまた新しい依頼が入ったのか、自分の席で忙しそうにパソコンと向き合っていた。

庭の掃除をしたり雑用をしたりしているうちに、夜の九時前になった。そろそろ帰宅しようと事務室に戻り、朧に声をかける。

「朧、俺そろそろ帰ろうと思うんだけど……っと」

妙に静かだと思ったら、朧はロングソファにもたれ、すやすやと眠っていた。

ここ最近仕事が立て込んでいたし、疲れているのかもしれない。

俺はタオルケットをかけ、朧の足元に腰かけた。

口を開かず寝息を立てている朧は、文句のつけようがない美しさだった。

「寝顔はほんとに天使だなぁ。ずっと喋らなきゃいいのに」

さらりと流れる銀色の髪に思わず触れたくなったが、少し離れた場所から物音が聞こえて、さっと手を引っ込めた。

するともなかが廊下から、事務室に入ってきた。危なかった。

「もなか先輩、俺そろそろ帰ろうと思うんだけど」

「了解です。先生に伝えておきますわー」

「うん、頼んだよ」

そう言って立ち上がると。もなかは小さな身体でじっと俺を見上げた。

「志波君、もしかして落ち込んでます？　もしそうやったら、特別にもなかをもふもふしてもいいんですよ？」

「えっと……」

俺の脳裏に、朝比奈さんの言葉が甦る。

──『その程度の仲なんですね』

確かに、自分で思っているよりショックだったのかもしれない。

だけどもなかにまで心配させてしまうなんて、どうしようもないな。

ぐずぐずと考えたが、俺はお言葉に甘えて、もなかをぎゅうっと抱きしめさせてもらうことにした。なかなかない機会だし、俺の胸中はともかく、もなかはいつだって愛らしい。

もなかはふわふわでやわらかくて、それに温かい。金色の毛に頭を寄せながら、ふっと笑みをこぼす。

「うん、もなか先輩がかわいいから、元気出てきた気がする」

「せやろ？　もなかのおかげやろ？　飴ちゃんくれる？」

もなかはニコニコ微笑みながら、俺の腕の中で、待ってましたとばかりに両手を差し出した。

俺はさすがだなと思いながら、ポケットに入っていた飴玉を差し出した。彼女のしたたかで要領のよいところを見習いたい。

もなかは嬉しそうに、コロコロと丸い飴玉を舐める。

「もなか先輩は朧のこと、よく知ってるんだよな……。ずっと側で見てきたもなか先輩が、ちょっと羨ましい」

無意識に、そんな弱気な言葉が口をついて出てしまった。するともなかは今まで細めていた目をパチリと開いて言った。

「志波君。もなかは、ただの式神ですし」

「ん？」

「それに先生は、ずっと志波君のことを待ってたんよ？」

「俺を待ってた……？　どういうこと？」

もなかは自分の口を両手で塞ぎ、頭を横に振る。

「おっと、これ以上は言えません。後は先生から聞いてな」

そう言って俺から飛び降り、とてとてとまた扉の向こうへ走っていってしまった。

朧が俺を待っていたって、一体どういう意味だろう。

考えていると、ソファで眠っていた朧に腕を強く引かれる。

「ん⁉」

そのままソファの上に倒され、俺の頭を抱きかかえるように、ぎゅっと抱きしめられた。朧の隣に、向かい合って横になる姿勢になった。

一瞬起きているのかと思ったが、朧はまだ眠ったままだ。

「おい、朧、どうしたんだ⁉」

さすがに男二人が寝るには、ソファは小さすぎる。もしかして、いつもキツネを抱いて寝てるから、俺をぬいぐるみと勘違いしているんじゃ……。

視線を上げると、すぐ目の前に朧の顔があってドキリとした。

至近距離で見ると、朧の睫毛《まつげ》が長いことが改めて分かった。それに何だかよい香りがする。香水……よりは、お香のような。そういえば、朧はたまに白檀《びゃくだん》のお香を焚《た》いている。その香りには、空間を浄化する作用があるって話していたっけ。これも結界の一部なんだろうか。

起き上がろうとするが、しっかりと抱きすくめられていて、全然離れられない。

「おい、起きろー」

俺は少し照れながら彼の胸を軽く押してみるが、まったく効果がない。

触れてみて分かったが、やはり朧は細い。身長はほとんど同じなのに、華奢《きゃしゃ》……とまでは言いすぎかもしれないけど。

俺が事務所にいる時は気をつけているが、集中すると、平気で食事を忘れたりするから心配だ。

「ん……ぅぅ……」

すると朧は顔をしかめ、苦しそうにうわごとを呟き始めた。もしかして、嫌な夢でも見ているんだろうか。悲しげなその表情を見つめているのがつらくて、俺は朧の頬をペチペチと軽く叩いた。

「おい、朧、大丈夫か？」

「う、ん……？」

すると不機嫌そうな様子で、朧はゆっくりと目蓋を開いた。

長い睫毛からこぼれ落ちるように、宝石のような藤色の瞳をこちらに向ける。

「おはよ。なんか、うなされてたみたいだけど」

「は⁉　シバコロ、お前、何しとんねん⁉」

朧は動揺した様子で起き上がり、顔を背けて手のひらで髪の毛をクシャクシャと撫でつける。

「言っとくけど、朧が無理矢理俺をソファに引きずり込んだんだからな」

朧は眉を寄せ、いつものように軽口を叩く。

「お前なー、いくら俺が美しいからって、寝込みを襲うとかありえへんやろ」

「襲ってないから！　ったく、何か嫌な夢見てるみたいだったから、起こしてやったのに」

朧は額《ひたい》の汗を拭い、眠そうに目を閉じた。

「あぁ？　まぁ、見たかもなぁ。久しぶりに朝比奈に会ったら、何昔のこととか思い出したくないこととか、いろいろ夢に見てもうてなぁ」

思い出したくないことか。

さっきの苦しそうだった表情を思い出すと、やはり彼のつらい過去を、わざわざ問い質す気にはなれなかった。


翌日、朧は早速鏡の浄化に取りかかることにしたようだ。

朧は先見の鏡を事務室に持ち込み、まじまじと中を覗き込んでいる。俺は思わず彼の腕を引いて、止めようとした。

「ちょっ、危なくないか!?　これ覗くと、不幸な未来が映って死んじゃうんだろ!?」

「せやけど、相手が分からんことには浄化もできんしなー」

そんなことを話していると、鏡の表面が水面のように、ゆらりと揺らいだ。

「お、朧、何か見える……！」

鏡には、朧の顔が浮かび上がる。

しかし俺の隣にいる朧と、表情が違う。鏡の中の朧はカッと目を見開き、不気味な笑みを浮かべている。

「うわあああ、ほら、何か出た！」

それを見た瞬間、朧は呪符を貼りつけて、鏡を封印した。

呪符を貼られたことで、偽者の朧は消え去った。俺はほっと息を吐く。

「なるほど、どうやら古くからこの鏡に棲《す》んどる鏡の精――つうか悪魔みたいやな。鏡を覗いた人間に姿を似せて悲惨な未来を囁《ささや》いて、魂を奪っとるみたいや」

朧は目を細め、気難しそうな顔で鏡を見下ろす。

「これは、外から祓うんは無理やな。今は一応呪符で悪さするんを封じとるけど、それも時間の問題やろうし」

「じゃあどうするんだ？」

「鏡の中に入るしかないわ」

「鏡の中!?」

俺はしげしげと鏡を覗き込んだ。陰陽師だと、この中に入ることができるのだろうか？

「あぁ、ただし鏡の中の世界は鏡の精の独壇場《どくだんじょう》や。もしかしたら、俺の力も使えんかもしれんな」

「力が使えないって、そうしたら朧はただの人間と一緒じゃん！　危なすぎるよ！」

「言うても、誰かがやらなアカンし。まぁとりあえず、いっぺん入ってみるか」

そんな、軽い感じで大丈夫なんだろうか。心配だったが俺には朧を見守ることしかできないのが歯がゆい。

俺たちは鏡の浄化のために、地下にある除霊の部屋に下りることになった。俺が時計の依頼をした時に行った部屋だ。

朧は狩衣に着替えてくるらしい。

俺は先に除霊用の和室に入り、彼を待っていた。

白い狩衣姿になった朧は部屋の隅で正座している俺に目をやり、腕を組んだ。

「シバコロ、この鏡けっこう危ないんや。ほんまは同じ部屋にもおらん方がええんやけど」

「でも、他の場所にいても落ち着かないし、ここにいたい！　どうしても邪魔なら、出ていくしかないけど……」

「分かった分かった」

呆れたように息を吐くと、朧は懐から取り出した呪符を俺に向かって飛ばす。

その瞬間、呪符が光の粉に変わり、俺の周囲を飛び回る。

「今から、声出すな。同じ部屋におるって知られたら、身体を乗っ取られかねんからな。黙っとる間は、鏡の精に気づかれへんはずや」

俺は無言で深く頷いた。

それから朧は真剣な表情で鏡に対峙《たいじ》する。

仕事モードに入ったのだろう。彼を包む空気が、気迫に満ちたものに変わる。

俺は部屋の隅で、その様子を固唾《かたず》を呑んで見守る。

朧が整然と呪文を唱えながら、人差し指と中指で、部屋の床に星のような図形を描く。すると図形の中心に置かれた鏡が、光を放って宙に浮かんだ。

床に描かれた図形も、呼応するように金色に輝き出した。

朧は落ち着いた様子で呪文を唱え続けながら、呪符で封じられていた鏡に触れる。

すると鏡の表面は黒く濁《にご》り、生き物のようにぐにゃぐにゃとうねり出す。鏡から溢れ出す邪悪な気配に、思わず顔をしかめた。

俺は息をするのも忘れ、その光景に見入っていた。

やがて鏡からパリパリと、小さな雷《かみなり》のような、放電が起こる。

そして鏡からぬるりと、黒い腕が伸びてきた。

俺は目を見開き、その腕を注視する。爪の長い黒い手は、朧の腕をしっかりとつかんだ。

だが、朧はなぜかそれに気づいていない様子だ。黒い腕は、朧を鏡に引き込もうとする。

俺は立ち上がり、つい叫んでしまった。

「朧っ！」

風船が弾けるように、俺を守っていた結界が消えたような感覚がした。

朧はその時初めて、自分をつかんでいる黒い腕に気づいたようだ。黒い腕は、そのまま朧を鏡の中に引きずり込もうとする。

鏡の中から、つむじのように激しい風が吹き荒れる。

俺は咄嗟に朧に駆け寄って、手をつかんだ。

何とかその場に留まろうとしたが、ものすごく強い力で鏡の中に吸い寄せられる。

とてもじゃないが、普通の人間が耐えきれる強さじゃない。

俺と朧は全身を鏡の中に引きずり込まれていた。

◇◇◇

俺たちは底のない穴に呑まれたように、暗闇の中をどこまでも落ちていく。

周囲が真っ暗で、隣にいるはずの朧の姿さえ見えない。

俺は朧の腕を握る手に、ぎゅっと力を込めた。

あははは。

きゃはは。

暗闇の中から、子供が笑うような声が響いてくる。

「朧っ！　ここどこだ!?」

「鏡の中や。もっと言うと、鏡の精霊の世界やな」

そう話しながらも、俺たちはさらに深く、暗闇の中へ呑み込まれていく。

「もともと中に入って浄化するつもりではあったけど、本当は姿を消して、精霊に気づかれんようにやる予定やったんや。せやけどばっちり気づかれて、向こうから招待されてもうたな……っていうかお前、何ついてきてんねん！」

「ごめん、朧があの腕に気づいてないみたいだったから、つい……」

「ええか、志波、絶対俺から手ぇ離すなよ！　この中は、鏡の精の思うがままや。操られたら、厄介なことになる。俺以外のやつの言うことは、絶対に信じるなよ！」

「分かった」

俺は空中で、必死に朧の手を握り直そうとした。だが、その手はするりと滑り、俺から離れてしまう。

「朧っ！」

強い力で引き離され、どんどん朧の姿が見えなくなる。

何度も名前を呼んだが、やがて完全に朧を見失ってしまった。

背中を何かに引かれ、ドスンとその場に転がる。

「痛ってぇ……」

ここがどこなのか分からないが、どうやら着地したようだ。

あれだけ長い時間落ち続けていた割には、それほど衝撃がなくて助かった。やはり普通の空間ではないのだろう。

ゴツゴツとした地面、仄暗《ほのぐら》い視界、恐ろしいほどの静寂《せいじゃく》。

身を切るような風が吹き、サラサラと青い砂が足元で流れる。

そこはまるで、砂漠《さばく》だった。さみしく、悲しく、冷え冷えとした感じがする。

暗闇に目が慣れ、俺は近くに朧がいないことに気づき、立ち上がって声を上げる。

「朧ーっ!?　どこにいるんだ!?」

何度叫んでも、声は一瞬でかき消されてしまう。

朧を呼ぶが、返事は返ってこない。

「とにかく、朧を探すしかないか……」

俺はどちらに進めばいいのかも分からないまま、歩き始めた。


「疲れた……」

どれだけ歩いても、景色は代わり映えのしない青い砂漠だった。

おまけに歩くたびに足が砂に沈むから、踏み出すのも一苦労だ。

もしかして、このまま一生ここをさまようことになるんじゃないか？

そう考えるとぞっとした。

「うわー、朧、どこにいるんだよ!?」

そう叫んでがむしゃらに走ると、唐突に砂漠の真ん中に、扉が現れた。

……あまりにも不自然だ。

しかし、このまま砂漠をさまよい続けても、状況が好転するとは思えない。

俺はごくりと唾を呑み、扉を開き中へと足を踏み入れた。

途端に周囲が暗くなる。

室内には鏡が無数に浮かんでいた。長方形のもの、小さな手鏡や姿見まで。しかもその鏡のすべてに、俺の姿が映っている。

「うわ、やべぇ、絶対ここやばい！」

鏡の向こうから誰かに見張られているような感覚がして、背中がぞわぞわとした。

とにかく早く、朧を探さないと。

勝手に巻き込まれたうえに危ない目にでも遭ったら、申し訳が立たない。朧の足手まといになりたくない。

そう思った瞬間、背後で何かが光り輝いた。

驚いて振り返ると、それはある一点から放たれたものだと気づく。その光が周りの鏡に反射して、眩さを増している。

目を凝らすと光の中に、小さな影が見えた。どうやら人間——子供だろうか。

「……君は？」

思わず声をかけると、眩い光が弱まり、徐々に輪郭《りんかく》が見えてくる。

そこには頭の天辺《てっぺん》から爪先《つまさき》まで、全身が真っ白な、妖精——いや、精霊《せいれい》みたいな子供がいた。

子供は白一色の着物を纏い、ぼんやりとした表情を俺に向ける。瞳だけが、金色に光っていた。

「私は黎明《れいめい》。鏡の精の、一人」

高い声に、あどけない顔立ち。純白の鏡の精はとても美しいけれど、少年なのか少女なのか、性別の判断がつかない。

「鏡の精？　悪魔じゃないのか？」

つい話しかけてしまい、朧に『俺以外のやつの言うことは信じるな』と忠告されたことを思い出す。

しかし……勝手に判断するのは危険かもしれないが、黎明が人に危害を加えるようには見えなかった。少なくとも、朧を引きずり込んだあの黒い腕とは、別の人物ではないか。

……いや、すぐに誰でも信じてしまうのは、俺の悪いところだ。俺の身に何か起これば、朧も危険な目に遭わせてしまう。慎重にならないと。

「私たちを悪魔と呼ぶ人もいるけれど、私たちは鏡の精。それ以上でも、それ以下でもない」

「でも、この鏡を見た人は不幸な未来を告げられ、やがて命を落としてしまうって聞いたよ。そうしていたのは、君？」

そう問いかけると、黎明は首を横に振る。

「違う。それは私じゃない。私は黎明。もう一人の鏡の精は、逢魔《おうま》。逢魔と私は、二人で一つ」

二人で一つ？　ということは、どうやらもう一人鏡の精がいるようだ。

黎明は俺のすぐ目の前まで歩み寄り、俺の手を取る。そして追い詰められたような、必死な瞳で俺を見上げる。

「逢魔を止めて。私、逢魔を止めたい。だけど私一人では、無理なの。だから協力しなさい」

「でも俺、別に何の力もないよ」

「じゃああなたは、何のためにここにいるの？」

黎明は近くに浮かぶ、俺たちを囲んでいた鏡のうちの一つに触れる。

「彼を助けたいのではないの？」

楕円《だえん》形の鏡の表面がぐにゃりと歪み、次第に朧の姿を映し出す。

「朧！」

黎明はふわりと宙に浮かび、俺を手招きする。

「こっちよ、こっち」

黎明は鏡の間をすり抜けて、前に進んでいく。

本当にこの子を信じてついていって、大丈夫なんだろうか。罠《わな》だったらどうする？

しかしこの部屋は暗闇に覆われ、他には鏡があるだけだ。どっちに進んだらいいのかもまったく分からない。こんな状況にいる以上、今はこの子を信じるしかない。

俺は迷いながらも、黎明の後を追いかけた。

◇◇◇

鏡の中に吸い込まれ、志波を見失った俺は、周囲を警戒しながら真っ暗な空間を歩く。暗闇の中には、無数の鏡が浮かんでいた。

そのすべてに自分の姿が映っていて、薄気味悪い。

「やっぱり面倒なことになったなぁ」

とにかくさっさと志波のことを見つけないと。ほっとくと、何をしでかすか分からない。

俺は呪符を飛ばし、暗闇に灯りを灯そうとした。

しかし懐から出した呪符は、術を放つ前に一瞬でかき消されてしまう。やはりここでは術が使えないようだ。この世界を作ったのが鏡の精なら、そいつにとって都合の悪い力は使えないのだろう。当然といえば当然だ。

予想していた展開だとはいえ、術が使えないのは厄介だ。

陰陽師としての力がない自分など、普通の人間と変わらない。むしろ人より体力が劣っている分、脆《もろ》い。

これからどうするか考えながら暗闇の中を進んでいると、背後でクスクスと子供が笑うような声がした。

俺は警戒しながら、そちらに振り返る。

すると浮かんでいた鏡のうちの一枚が光り、鏡の中から黒一色の精霊が現れた。

頭の天辺から爪先まで、その肌は闇に溶けるように黒く染まり、黒い和服を着ていた。金色の瞳だけが、凶暴な色で光っている。

「お前のせいやな、これまでのこと全部」

黒い精はクスクスと邪悪な笑みを浮かべる。

「そうだよ。僕は逢魔。鏡の精の一人。黎明と僕は二人で一つ、だけど僕の力の方が強い」

逢魔は鬼ごっこでもするように、鏡の間をすり抜け逃げていく。

俺は逢魔を追いかけた。

逢魔は無数に浮かんだ鏡のうちの好きな場所に移動できるらしく、いくらつかまえようとしても、すぐに姿を消してしまう。

俺は足を止め、逢魔から情報を集めることにした。

「へぇ、二人で一つってことは、もう一人鏡の精がおるんやな。せやったら陰陽師の俺の推測では、それぞれ陰と陽の役割を持っとるはずや。陰の役割のお前は、人を騙したり陥れたりして、不幸にする。もう一方の精霊は、陽の役割を持っとるはずや。おそらく、人を助ける精霊なんやろ？」

その言葉を聞いた逢魔は、一瞬笑顔を崩し、醜悪《しゅうあく》な表情で言う。

「そうだ。黎明は、僕の言うとおりにしない。それどころか、人間を助けようとする。黎明も、僕の言うとおりにしていれば全部うまくいくのに！」

動きが止まった隙をついて、俺は懐から呪符を取り出し、逢魔に飛ばす。

呪符は牙《きば》を剥いた大きな青い竜《りゅう》となり、逢魔に襲いかかろうとした。

しかし竜は逢魔を切り裂く前に崩れ落ち、そのまま消えてしまった。

やはりダメか。

逢魔は微笑みながら、周囲にある無数の鏡の中から、二メートル近くありそうな大きな鏡を引き寄せる。

「今のはちょっと危なかったな」

逢魔が触れると鏡は黒く色を濁らせ、波打つようにぐにゃりと歪む。

「その妙な術、使うのやめてよ。ここは僕の空間だから自由にできるとはいえ、制御するのも面倒なんだ。でもあんた、他の陰陽師より力が強いみたいだね」

そう言い終えたのと同時に、鏡の中から、長い腕が伸びてきた。

警戒しながら鏡を睨みつけていると、まるで水面から抜け出るように、一人の男が姿を現す。

目の前の見慣れたその姿に、俺は息を呑んで動きを止める。

黒い髪に、子供のように澄んだ丸い瞳。これは……。

「志波！」

俺が声をかけると、志波はニコリと微笑んだ。志波の笑顔は人懐っこく、実際の年齢より彼を幼く見せた。

俺が志波に近づこうとした瞬間、逢魔がすっと右手を振り上げた。

その直後、志波の背後から、一本の刀が飛んでくる。

その刀は深々と志波の胸を貫いた。

「なっ……！」

目の前にいた志波はぐらりと視線を崩して、俺に倒れかかってくる。

「おい、しっかりしろ！」

志波の胸から溢れる鮮血が、周囲を赤く染めていく。胸を貫かれた志波は、ピクリとも身動きしない。

彼の頬に触れると、まるで氷のように冷たかった。

俺は目の前が真っ暗になった。

志波の身体を支えようとするが、彼をつかもうとする腕が、小さく震えている。

──落ち着け。本物の人間なら、こんなに冷たいわけがない。
鏡の精は、姿を自由自在に変え、人々に不幸な未来を見せるという。
だからこれも、どうせ本当の志波じゃない。
そう頭では理解していても、指先の震えは止まらなかった。
やがて志波の身体は腕の中で、さらさらと砂のように溶けていった。
偽者の志波が崩れ落ちた様子を見て、ほっと息を吐く。
よかった、やっぱり幻だった。
そう考えていた俺は、背後から誰かに抱きしめられる。
『また、大切な人を救えなかった』
俺は眉を吊り上げ、自分の背後にしなだれかかる人間を振り払おうとした。
しかし後ろにいたのは、自分──そう、俺そのものだった。
「っ……！」
その顔も、声も、着ている服装まで、すべて俺と同じだ。
偽物の俺は笑いながら、俺の身体に腕を絡ませ、冷たい手で俺の頬を撫でる。
『いつまでたっても、同じやな。結局お前は、大切な人を守れんのや』
偽者を振り払うと、そいつは高らかに笑いながら、目の前に浮かぶ鏡に触れた。
すると鏡の中から得体の知れない黒い物体がぐにゃりと現れ、人の形になっていく。

「今度は何を出すつもりや⁉」

最初はおぞましく見えた黒い人影は、やがてある男性に姿を変えていった。

一つに結ばれた、腰まで伸びる長い黒髪。ほっそりとした輪郭、穏やかな瞳に、優しく結ばれた唇。

彼の身につけている青藍《せいらん》色の狩衣には金色の糸で、向かい合わせになった鳳凰《ほうおう》の刺《し》繍《しゅう》が施されている。

「朧」

やわらかな声が、囁くように俺の名前を呼んだ。

その響きは胸をかきむしるほど懐かしくて、歯を食いしばる。

どうしてもその人の姿から、目を離せなかった。

「どうしてお前があの人を知っとるんや！」

俺は逢魔を怒鳴りつけた。

逢魔はクスクスと笑いながら答えた。

「何でも知っているよ、鏡を覗いた人のことなら」

これは、本物ではない。

あの人は、もうこの世にいない。

二度と会えない。

すべて、過去にあったことだ。

そう分かっているのに、彼に手を伸ばしてしまいそうになる。

しかしもう少しで手が届くと思った寸前で、彼の身体は、背後に現れた禍々しい化け物によって、切り裂かれてしまう。

「お師さん！」

膝から力が抜け落ち、悲鳴と怒号の入り交じった叫び声が暗闇に響いた。

◇　◇　◇

俺はひたすら黎明の後ろを走り続けた。やがて、周囲には鏡すらなくなり、暗闇だけになる。気が遠くなるような長いトンネルのような道を、白く光る黎明が駆けていく。

ひたすら追っていると暗闇の中で、黎明が一枚の姿見を見つけた。

「いた」

黎明がその鏡に触れると、朧の姿が映った。

「朧っ！」

黎明は、鏡の中に飛び込み、向こう側にすり抜けていく。俺も迷わずその鏡に飛び込んだ。

鏡の向こう側に出ると、先ほどいた部屋と同じように、暗い空間に無数の鏡が浮かんでいた。不気味で薄ら寒い感じのする場所だが、離れたところに朧の姿を見つけ、俺は顔を輝かせた。

やっと朧に再会することができた。よかった、無事だったのか。

ほっとして、朧に駆け寄ろうとした。

だが、何か様子がおかしいことに気づく。

信じられないことに、朧の隣には、彼とまったく同じ姿をした、朧がもう一人いた。

一人は薄く笑みを浮かべていて、もう一人は魂が抜け落ちてしまったような、悲しげな顔をしている。

表情に違いはあるが、二人の朧がじっとこちらを見つめてきた。

「なんで、朧が……二人いるんだ!?」

俺が狼狽えていると、そのうちの一人と目が合った。瞬間、部屋全体が真っ白な光に包まれて、何も見えなくなってしまった。

「うわ！」

あまりの眩《まぶ》しさに、俺は閉じた目蓋を腕で覆い隠す。

どうやら俺は先ほどの光のせいで、意識を失い、しばらくその場に倒れていたらしい。

「何だったんだ、今の……？」

もしかしたら、何かの術だったのだろうか。

眩しさでクラクラしながら起き上がる。

部屋の様子は、まったく変わっていなかった。

しかし二人の朧のうちの片方は消え、数歩離れた場所に、朧が一人で立っていた。

いつの間にか、さっきまで後ろにいたはずの黎明も消えている。

俺は不思議に思いながら、首を傾げた。

朧はほっとしたように笑みを浮かべ、俺の手を取る。

「志波、ようやっと会えた。よかった、お前が心配で、ずっと探してたんや。無事でよかったわ。とりあえず、元の世界に帰ろか」

「……鏡の精は？」

「もう大丈夫や。さっき俺が浄化したからな」

いつもどおりの美しい笑みを浮かべ、こちらに近づいてくる朧。

銀色の髪も、紫色の瞳も、整ったその顔立ちも、すべて朧のものだった。

「……怒ってないの？」

「大丈夫や、怒ってへん。お前と離れたんは、俺の落ち度もあるしな。とにかく、ここから出るんが先決や」

その言葉を聞き、俺は確信を持って告げる。

「お前……朧じゃない」

すると、朧は動揺したように表情を強張らせる。

「何でや!?」

「だって優しすぎるし。もし本物の朧だったら、『お前が無事でよかった』より、『何うろうろしてんねん、余計な手間増やすなボケ!』って怒鳴るくらいすると思う。だから、お前は偽者……だろ?」

そう告げると、朧の顔にピシッと、ヒビが入る。その綻《ほころ》びはボロボロと朧の陶器のような顔を崩していき、やがて粉々に砕け散った。

偽者の朧が消えると、頭の先から足まで真っ黒に染まって、瞳だけが金色に光った子供が現れる。

その表情が醜悪に歪んでいるところを除けば、黎明と瓜《うり》二つだった。

「もしかしたら、逢魔ってやつか?」

「くそっ、こんなやつに見破られるなんて……!」

逢魔が激昂《げっこう》した様子で叫ぶと、地響きがして、床がボロボロと崩れ、崩れたところから暗闇に変わっていく。

正体を見破ったからか、さっきまでは見えなかった大きな鏡が現れ、ヒビが入って激しく割れる。

その中から本物の朧と、黎明が現れた。

「朧！」

俺が駆け寄ると、朧はほっとしたように微笑んだ。

「ようあいつが偽者やって分かったな」

「だって、朧があんなに優しいわけないし」

「お前なぁ……」

朧は呆れたように溜め息を吐いた。

本人には言わないけれど、たとえどれだけ姿が似ていても、俺はいつだって本物の朧を見つけられると思った。

暗闇の中は、やはり無数の鏡が浮かんでいる。

逢魔はその鏡をすべて集めて、巨大な一枚の鏡に変えた。

鏡は暗く淀んでいて、俺と朧の姿が映っている。逢魔が鏡をこちらに近づけると、強い力で鏡の中に引き寄せられる。

「うわっ！」

「お前たちは、一生ここから逃がさない！　永遠に鏡の世界に閉じ込めてやる！」

　すると黎明が両手を掲げ、光を束ねて、やはり巨大な真っ白な鏡を出現させる。

　それを逢魔の鏡の正面に浮かべた。

「二人を閉じ込めるなんて、させない」

　二つの鏡は黒と白の光を放ち、ぶつかり合っていたが、やがて逢魔の鏡に、ヒビが入っていく。まるで自分の身体が割れてしまうというように、逢魔はすさまじい悲鳴を上げる。

　黎明は朧に向かって叫んだ。

「そこの陰陽師さん、力を貸して。逢魔が弱っている今なら、あなたの術が使えるかもしれない！」

　朧はハッとしたように、呪文を唱えた。

「騰蛇厳縛《とうだげんばく》　封鏡《ふうきょう》止水《しすい》」

　朧が逢魔に向かって呪符を投げると、呪符は長い蛇に姿を変えた。蛇は鎖《くさり》のように逢魔に巻きついて、拘束《こうそく》する。

　逢魔の鏡は完全にバラバラに砕け散り、逢魔は黎明の白い鏡に吸い込まれてしまった。

　白い鏡の中から、逢魔が鏡を叩きつけ、こちらに向かって怒声を上げる。

「どうして邪魔をする、黎明！」

黎明は黒く染まった鏡を見て、さみしげに微笑んだ。

「逢魔、しばらくそこにいてね」

それから黎明は、安心したように俺と朧を見つめる。

「二人ともありがとう、手伝ってくれて。私一人の力では、逢魔のことを止められなかった。だから私と一緒に強い力を持つ人が逢魔を止めてくれるのを、何十年も待っていたんだ」

朧は自分の髪の毛を撫でながら、言いづらそうに話す。

「手伝ってもらったところ悪いんやけどな、俺の依頼は先見の鏡を浄化することやねん。せやから、そいつを完全に消さな、帰るわけにいかんのやけど」

黎明は逢魔が封じられた鏡を庇うように、ぎゅっと抱きしめた。

「分かった、浄化したいのなら、別にいいよ。私たちはこの鏡の世界から出ていくから、少し待って」

「いやいや、それって結局別の鏡に棲み処《か》を移すいうことやろ？　それじゃ何も変わらんやないか」

黎明は、怒ったように朧のことを睨む。

「あなただって、陰陽師なら、この世界が陰と陽二つの気で成り立っていることは知っているでしょう？　逢魔も、最初は何色にも染まっていない、無色の鏡の精霊だった。けれど、この鏡を覗く人間の欲望や憎しみ、苦しみに染まって、こんな姿になってしまった。逢魔は人々に絶望に満ちた未来を見せ、それと対になる役割を持つ私は、希望に溢れた過去を見せる。だから逢魔が悪魔と呼ばれるようになったのは、人間のせい」

朧は困ったように首を押さえた。

「頭の痛い話やな。逢魔を消し去れば、すべてが解決するわけじゃないってことやな。陰と陽は互いに調和し合い、影響し合うことで世界を成り立たせとる。光と闇、この世界にはどちらも必要や。闇を消し去れば、希望も同じように消え、この世界には何もなくなる」

「そう。たとえ今ここで逢魔を消したとしても、人間がこの世に存在する限り、また何度でも逢魔は生まれ続ける。逢魔を完全に消し去ってしまいたいと言うのなら、それより先に、すべての人間を世界から消してしまいなさい！」

話を聞いていた俺は、逢魔のことが気の毒になって、黎明に問いかけた。

「黎明、逢魔が消えたら、君も消えるの？」

「そう。私と逢魔は、二人で一つ。逢魔が消えれば、私も消える。私が消えれば、逢魔も消える」

「……朧、二人のこと、このままにしてあげられないかな？　今は黎明が、きちんと逢魔を見張っているんだろ？　黎明は、俺が朧を探すのを手伝ってくれたし」

「そう簡単に言うけどなー……まぁ、しゃあないか」

朧は呟いて、懐から人間のような形をした、薄い紙を取り出した。

「朧、それは？」

「形代《かたしろ》や。人間の代わりとして、この中に穢《けが》れや罪を移すために使うんや。逢魔にも、使えるはずや」

朧は形代を、逢魔が閉じ込められた鏡に向かって弾き飛ばす。

すると形代は逢魔の苦しみを吸い込むように、一瞬で真っ黒に染まっていく。

「黎明、鏡からそいつを出してみ」

「え、でも……」

「もう大丈夫や」

解放された逢魔は、赤ん坊の姿になった。

朧は地面に落ちた黒い形代を回収した。その形代を半分に切るように指でなぞると、形代は跡形もなく消滅してしまった。

赤ん坊は不思議そうな顔で、腕を伸ばして黎明の頬にぺたぺたと触れた。

「逢魔……」

黎明はほろほろと涙を流しながら、小さな逢魔の身体を愛おしそうに抱きしめた。

「ありがとう、陰陽師。逢魔を苦しみから解放してくれて。ずっと逢魔を助けてあげたかったけれど、私では閉じ込めることしかできなかった」

「榊原や。お前一人で悪ガキのおもりするんも、大変やろ。これでしばらくは治まるはずや。その先どうなるかは、お前次第やろ」

そう告げられた黎明は、幸せそうに深く頷いた。

「じゃあ、あなたたちを元の世界に帰すね」

黎明が両手を掲げ、光り輝く鏡を出現させる。きっとこの鏡が、元の世界に通じる入り口なのだろう。

「はい、榊原から入ってね」

黎明に促され、朧はその鏡の中に飛び込んだ。

俺も朧の後に続こうとすると、後ろから黎明に服をくいっと引かれた。

黎明はいたずらを思いついたような顔で、じっと俺を見つめる。

「待って。手伝ってくれたお礼に、あなたにご褒美をあげる」

「ご褒美？」

「うん」

「それ、どういう……？」

俺が困惑していると、黎明はニコリと口角を上げた。

そして朧を吸い込んだ鏡の正面に別の鏡を出現させ、その中に俺を吹き飛ばす。

「うわっ！」

鏡に吸い込まれた俺は、下へ、下へと落ちていく。けれど最初に鏡の世界に来た時のような暗闇ではなく、周囲は美しい虹色《にじいろ》の光でキラキラと輝いていた。


「いたた……今日は落ちてばっかりだな」

気がつくと、俺は知らない建物の廊下に転がっていた。

鏡の精は、人の扱いが荒すぎる。お礼だと言っていたが、それならもう少し丁重に扱ってほしい。

ずきずきする腰を押さえながら、俺はゆっくりと立ち上がった。

長い廊下の横に、和室がいくつも並んでいる。俺は一体、どこに出たんだろう。一瞬朧の事務所かと思ったが、少し風景が違う。

これからどうすればいいのだろうかと考えていると、障子戸《しょうじど》で仕切られた部屋の向こうから、子供の泣き声が聞こえた。

障子に透けて、小さな黒い影が見える。

何かに耐えるように声を押し殺して、泣いているらしい。

俺はどうしてもその声が気になって、そっと戸を開いた。

すると、部屋の中には狩衣姿の小さな子供がいた。

俺は息をするのも忘れ、その子供の姿を眺める。

銀色の髪の毛に、意思の強そうな紫色の瞳。今はその瞳から、涙が伝っている。透き通るような真っ白な肌に、小さな手。

——間違いない。これは、子どもの頃の朧だ。

正確な年齢は分からないが、おそらく十二、三歳だろうか。鈴芽と近い年頃に見える。

小さくても、朧は変わらず息を呑むほど美しかった。

大人の朧が完成された揺るがない美しさを持っているとしたら、子供の朧はどこか未完成で、思春期の少年特有の、触れれば崩れ落ちてしまいそうな危うさがあった。

黎明の力で、過去の朧と出会えたのだろうか。

きっとそうだ。

黎明と逢魔は、二人で一つと言っていた。

逢魔は人々に絶望に満ちた未来を見せ、黎明は希望に溢れた過去を見せる——。

俺を見つけた朧は最初、不審そうに眉を寄せた。突然目の前に知らない男が現れたら、当然驚くだろう。

朧は怪訝そうな表情で言った。

「お前、この世界の人間と違うな」

幼い頃から陰陽師としての才があったせいか、即座に見抜かれてしまった。

だが、彼はそんなことはどうでもいいという風に、自分の膝に顔を埋めた。

部屋の入り口にいた俺は、彼を怖がらせないようにゆっくりと歩み寄り、朧の目の前に膝をついた。

「どうして泣いてるの？」

てっきり祖父の時のように会話はできないかと思ったが、朧は空虚な瞳で空を見つめて呟いた。

「……大切な人を、守れんかった」

朝比奈さんは、朧の過去に何か悲しい出来事があったように話していた。昔はよく笑っていたのに、それから朧は笑わなくなったと。

もしかしたら、その出来事の直後なのだろうか。

そうだとしたら、もう少し前に戻してくれれば、朧を守れたかもしれないのに。

朧は諦めたような顔で言った。

「どうせ俺も、もうすぐ死ぬんやし」

俺は驚いて、朧を問い質す。

「死ぬって、どういうことだ⁉」

朧は諦めたように微笑んだ。

「俺の中には、化け物が棲んどるんや」

朧は沈痛《ちんつう》な面持ちで、自分の胸あたりを手のひらで押さえる。

「化け物……？」

「そうや。だから、そいつが目覚めて好き勝手されるくらいなら、その前に死んだ方がましや」

その笑顔があまりに悲しい表情で、俺は胸が締めつけられたように苦しくなる。

「あの人がおらんのやったら、俺ももう生きてる意味なんかないし」

「そんなこと言うなよっ！」

思わずそう叫ぶと、朧は小さな肩をぴくりと震わせる。

「朧がいなくなったら、悲しむ人がたくさんいるだろ！」

「おらんよ、そんなん」

「そんなことないだろ。だって朧は、天才だって朝比奈さんも言ってたし……！」

朧は小さく笑みを漏らして言う。

「みんな、陰陽師として力を持ってる俺が珍しいだけや。俺自身なんて、いてもいなくても一緒なんや」

きっと、いつまでもこの空間にはいられないだろう。元の世界に戻される前に、朧を説得しないと。

だが、朧にとって俺はまったくの他人だ。知らない人間の言葉なんて、どうやったら信じてもらえるだろう。

考えても分からなかった俺は、朧のことをぎゅっと抱きしめた。

「なっ、何やお前!?」

朧は焦ったように、顔を赤くする。

「俺は、朧のことが大切だよ」

「俺はお前のことなんか知らん！」

「今は、分からなくてもいいよ。さっき、朧、言っただろ。その言葉のとおりなんだ。俺、未来から来たんだ」

「未来……？」

「うん。俺は、大人になった朧に会ったんだよ」

俺は彼を抱きしめたまま、銀色の髪を撫でて話しかける。

「大人の朧は、守銭奴だし、言葉はキツイし、人使い荒いけど……」

「悪口やないか！」

そう言われて、思わず笑ってしまう。

「でも朧は自分の決めたことは守るし、信念を曲げるようなこともしない。何だかんだ文句を言いながら助けてくれるし、心配してくれる。会ったばかりだけど、朧のいいところ、俺はたくさん知ってるつもりだから。だから、死んでもいいなんて言わないでくれよ」

小さな朧は、迷うように顔をしかめる。

「俺は化け物のこととか、朧のつらいこととか、分からないけど。分かりたいって思うし、大人になったら、きちんと話してほしい。俺ができることなら、何だってするから。だから、俺と未来で会うことを約束しよう」

そう伝えると、朧は怪訝そうに眉を寄せる。

「お前と？」

「そう。俺ともう一度会うまで、どうか生きていてほしい」

朧は眉を吊り上げ、キッと俺を睨みつける。

「嘘つけ。そんな約束、すぐ忘れるくせに。あの人以外、みんなそうやった。最初はもてはやしても、すぐに他に大切な人ができて、俺のことなんか忘れて離れていくんや！」

そう叫んでから、また瞳に涙を溜める。

「あの人だけやった。俺が大切なんは、あの人だけやったのに……」

そう言って、ポロポロと涙を流す。

「俺は朧のこと、忘れない。忘れられるわけないよ、朧みたいな人に会ってしまったら。ずっと側にいる。どんな苦しいことも、悲しいことも、全部消し去る――なんて言えないけど、せめて一緒に苦しんだり、悲しんだり、笑ったりすることくらいはできると思うから」

そう説得すると、朧は涙でうるんだ瞳を輝かせながら、まだ疑わしそうな視線をこちらに向ける。

「そうだ、もう一度会える日まで、これを預かっていてくれる？」

俺は渡しそびれていたキツネのキーホルダーがポケットに入っていたのを思い出し、朧に差し出す。

朧は少しくすぐったそうに目を細め、優しく微笑んだ。

キツネの尻尾の部分を指でなぞり、ふわふわと触れる。

「これ、尻尾がもふもふで気持ちええな」

そしてキーホルダーを大切そうに、両手で包んだ。

「……お前のこと、信じてもええんか？」

「いいよ。絶対に約束する。もう一度会えたら、その時は、君のことを一生大切に守るから。二度と、生きてる意味がないなんて言わせないから」

そう伝えると、小さな朧は少し安心したように笑う。

朧に気持ちが伝わったからだろうか。俺の全身が、ここに落ちる時のように、虹色の光に包まれて輝き出す。

あぁ、多分もう時間切れだな。

朧は俺の腕をつかみ、声を張り上げて叫んだ。

「それなら、俺はお前のこと探すから。どこにいたって、絶対に見つけてやるから！」

「うん、約束だ」

目を閉じた瞬間、周囲が真っ白に光り、強い力でどこかに吸い込まれた。

◇◇◇

「志波君！　志波君！」

自分の名前を呼ぶ声が聞こえ、俺はうっすらと目蓋を開く。すると不安そうな表情のもなかがこちらを覗き込んでいた。

もなかは俺が目を覚ましたのに気づき、ほっとしたように微笑む。

「よかった、志波君。ずっと気を失っていたから、心配してたんよ。意識を取り戻して、本当によかったわ」

「あれ……俺、鏡の浄化に……」

「そうよ。先生と一緒に鏡に吸い込まれたんやろ？　先生だけ先に帰ってきたけど、志波君の意識が戻らんて聞いて、心配しとったんよ」

朧は面倒そうにもなかの後ろから歩み寄って、こちらを覗いて溜め息を吐く。

「余計なことすんなや、アホが」

もうちょっと、もなかの十分の一でいいから心配だったとか、目が覚めてよかったとか、そういう態度を見せてくれたっていいのに。

そう思ってむくれると、もなかはこっそりと俺に耳打ちした。

「志波君が目覚めるまで、先生、ずっと心配そうにしてたんよ」

「え、朧が？」

「うん。もう、この世の終わりみたいな感じで。あんなに焦った先生見たん、久しぶりやわ」

「そっか……」

少しは心配してくれたんだろうか。

俺ともなかがじっと朧のことを見つめると、朧は怒ったように声を荒らげる。

「おいもなか、お前何か余計なこと言うてないやろな!?」

その様子が何だかかわいくて、俺ともなかは顔を見合わせ、クスクスと笑った。

後日朧は、鏡を浄化した経緯について朝比奈さんに報告した。逢魔の悪意を形代に閉じ込めたので、もうこの鏡には害はないことを伝える。

先見の鏡は、何の変哲もない普通の鏡に戻ったようだ。

朧は鏡を朝比奈さんに渡す。

「とはいえ、完全に逢魔を消し去ったわけやないからな」

「いえ、十分です。話を聞けば、それが最善の策だったことは分かりました。鳳師匠も喜んでくれるはずです」

そう言って、嬉しそうに鏡をキャリーバッグにしまう。

「ありがとうございました、榊原さん。やはりあなたに依頼して正解でした」

「当然やろ」

朧は自信に満ちた顔で笑う。その表情が様になっているから、悔しいけれど見とれてしまう。

「……陰陽課に戻ってくるつもりはありませんか？」

朧は一瞬意外そうに瞬《まばた》きしたが、小さく横に首を振った。

「残念ながら、今はできの悪い犬の面倒みるんで手いっぱいやからな」

「それ、もしかして俺のこと言ってる？」

朝比奈さんは俺と朧を見比べ、可笑しそうに笑った。

「榊原さんは、そう答えると思っていました」

朧はニコニコしながら、机に頬杖をついて言った。

「うん、まぁそういう訳やから、料金は最初の請求の三分の二でええで！　分割払いもできるし」

朝比奈さんはがっかりしたように朧を見た。

「どう思いますか、志波さん」

「いろいろ台無しだと思う」

「何でや!?　料金の話は大事やろが」

朝比奈さんは受け取った請求書に冷ややかな視線を落とした。

「分かりました、お支払いは陰陽課の方から、後日お振り込みいたしますので」

それから朝比奈さんはもなかにも挨拶し、晴れ晴れとした表情で俺たちに礼を言って、事務所を出た。

朧は事務室のソファにだらりと身体を預ける。少し疲れたように見える。

朧の隣には、お昼寝中のもなかがいた。熟睡しているようなので、そっとしておこう。

俺は朧にお茶を淹れてあげようと、隣の給湯室に向かった。

「お疲れさま」

そう言って淹れたばかりのほうじ茶を机に置き、向かいの席に座った。

「あぁ、珍しく気が利くやん」

朧は目を細め、ほっとした様子で湯呑《ゆのみ》を手に取った。

しばらくゆっくりとお茶を飲んでから、長い睫毛を伏せる。

「しかしお前が鏡の中までついてくるとは思わんかったな」

「あぁ、それはは申し訳ないと思ってるよ。ごめん、術で守ってくれたのに、結局一緒に連れていかれちゃったから」

「いや……、今回はお前がおって、ちょっとだけ役に立ったかもな。なんかお前って、俺にとって謎の生き物やねん」

「は？」

朧は湯呑の縁《ふち》を長い指でなぞりながら、話を続ける。

「今まで俺の周囲におった人間って、もっと自分の出世のために動いたり、見返りが欲しくて誰かのために働いたり、必要以上にこびへつらったりな。そういう感じやったんやけど」

「うん」

「お前、そういうんと違うやん。アホやから。自分が危険やとか考えず、平気で俺のこと助けようとするやろ。アホやから。今回もそうやったし。そういうところ見てると……、何かな」

朧は一度言葉を止めて、紫の瞳をまっすぐ俺に向けた。

その瞳の美しさに、勝手に心臓が苦しくなる。

「何か、お前ってほんま、どうしようもないやっちゃなーって」

「褒めてるのかけなしてるのか、ハッキリしてほしいんだけど」

呆れてそう言うと、朧はケラケラと笑った。

「とにかく、一応礼を言うとくわ」

最初はぼんやりと沈黙していたが、改めて言葉の意味を考え、えっと仰《の》け反《ぞ》る。

「もしかして、感謝されてる、俺？」

「アホか、一回で分かれや！」

珍しいこともあるもんだなぁ。

そう感心しつつ、俺はあの小さな朧のことを考えていた。あれは何だったんだろう。

「そういえば俺さ、鏡の中で、小さな頃の朧に会ってきたんだ」

「意味分からんわ」

朧は理解不能だというように、それをはね除けた。

やっぱりあれは黎明が見せた、夢だったのかな。

そう考えていると、朧の隣で眠っていたはずのもなかが突然がばっと身を起こし、彼の肩あたりにぴょんと抱きついた。

「先生、素直になった方がええと思うんどす、もなかは」

「おいもなか、いつから起きとるんやお前は。余計なことを言うたら、しばくで」

もなかは持っていた何かを俺に差し出した。

「これ、先生が小さい頃からずっと大切にしてるものです」

そう言ってもなかが差し出したのは、俺が小さな朧にあげた、あのキツネのキーホルダーだった。

「もなか、お前どっからそれ持ってきた！」

もなかは怒られるのが分かっていたからか、廊下の方向へ走って、一目散に逃げてしまった。

俺はハッと思い出して、ズボンのポケットに手を突っ込んだ。

……ない。

ポケットに入れたままのはずのキツネのキーホルダーは、見つからなかった。ということは、あの建物で小さな朧に出会ったのは、本当の出来事だったのだろうか。

というかこのキーホルダーをもし、子供の時から持っていたのだとしたら……。

俺は目をパチパチ瞬かせながら、朧に確認する。

朧は眉を寄せ、手のひらで自分の口元を隠す。

「もしかして俺のこと、最初から分かってたってこと？」

朧は照れているのか、そっぽを向いて答えようとしない。

朧は俺のことを、ずっと待っていてくれたんだろうか？

そう考えると胸の奥から、次から次へと温かいものが溢れるような感じがして、朧に抱きついた。

「ちょっ、何すんねん！」

「朧、俺、あの時言ったよな」

「何をや!?」

「もう一度会えたら、俺は朧のことを一生大切にするって！　俺、約束を守って、一生朧のことを守るから！」

「はぁ!?」

俺は瞳を輝かせ、彼に顔を寄せて、息を弾ませながら言った。

「俺は朧のこと、全然知らないけど。昔の朧に何があったのかとか、誰がいなくなって傷ついてるのかとか、そういうこと分からないけど。だけどいつか、絶対生きててよかったって、俺と一緒にいてよかったって、そう思えるようにするから！　いっぱい笑顔になれるようにしてやるから！」

俺はさっきよりも朧のことを強く抱きしめ、彼の首のあたりに頬を擦り寄せる。いつもより近くで、白檀のほんのり甘い香りがした。

たくさん話したいことがある。たくさん聞きたいこともある。

自分の中に化け物が棲んでいると言っていたことも、聞かなければならない。

それは朧にとって、つらい話になるかもしれない。

ならばせめて、もう少しだけこの幸せな時間に浸っていよう。

朧は最初、動揺したように身体を強張らせていたが、やがて諦めたように力を抜く。

「お前、ほんまに犬みたいやな」

それからしょうがないなという風に微笑んで、手のひらで俺の頭をぐっと押さえつけた。

朧は俺の耳元に唇を寄せ、低い声で囁くように言った。

「ほんなら俺はお前のこと、一生こき使ってやるわ」

そう告げた彼の笑顔は、いつもの意地悪な顔じゃなくて、本心から嬉しそうな、やわらかい表情だった。

俺はやっぱり朧のことを、誰よりも綺麗だと思って、見とれてしまった。

◇◇◇

志波が帰り、静かになった事務室で、俺はソファに腰かけ、キツネのキーホルダーを眺めていた。

もなかが廊下から部屋に入り、ぽてぽてと歩いてくる。

「志波君がおらんと、静かですなぁ」

俺は指先で、軽くもなかの頭をつついた。

「もなか、お前なぁ！　ほんっま、余計なこと言いくさって」

もなかはニコニコ笑いながら、俺の腹に飛び乗って、抱きついてきた。

「でも嬉しかったくせにー。先生は、もうちょっと素直になった方がええと思うんですよ」

俺は軽く微笑み、もなかのふわふわの頭を撫でた。

「ま、そうかもな。自分の命に執着なんて、まったくなかったから、いつ死んでもいいと思ってたんやけど。あいつと一緒なら、もう少しだけ生きてみたなったな」

そう呟いて、静かに目蓋を閉じた。

――『絶対に約束する。もう一度会えたら、その時は、君のことを一生大切に守るから。二度と、生きてる意味がないなんて言わせないから』

何度思い出しても、少し気恥ずかしい。というか本人に自覚はないんだろうが、まるでプロポーズでもするみたいな言葉じゃないか。

俺は記憶の中で鮮明に輝き続ける、志波の笑顔を思い出していた。

ずっと、あの日の出来事は白昼夢《はくちゅうむ》かと思っていた。

その一方で、確信めいた予感もあった。

きっと、自分は彼にもう一度巡り会えるだろうと。そうなればいいとも、思っていた。

志波は、へらへらしている時は犬っころみたいなのに、時折別人みたいに、凛々《りり》しい顔つきをする時がある。

ころころと変わる表情からは、つい目が離せなくなる。

あいつと出会って、止まっていた時計が、再び動き出したような気がした。

暗闇をさまよっていた俺を照らす、一筋の光のような存在だった。

さっき志波がキラキラした眩しい顔で、熱心に話していたことを思い出し、薄く微笑んだ。

『絶対生きててよかったって、俺と一緒にいてよかったって、そう思えるようにするから！　いっぱい笑顔になれるようにしてやるから』

その響きだけで、これからどんな悲しい夜が訪れたとしても、乗り越えられるような、そんな気がした。

了

あとがき

こんにちは、御守いちるです。

この度は本書を手に取っていただき、ありがとうございました。

スターツ出版文庫さんでは『あやかし食堂の思い出料理帖』からおよそ一年ぶりの本になりますね。時の流れの速さに戦いております。年々月日が経つのが加速している気がします。抗いたい。

私は昔から、性格にウラオモテがあるキャラクターが大好きで、関西弁のひねくれた男子と陰陽師の話をずっと書いてみたいと思っていたので、その希望が叶い、今回とても楽しく執筆できました。

主人公も相棒も両方男子という小説は初めてだったので、その部分でも書いていて新鮮でした。

読者様にも楽しんでいただければ幸いです。

最初は主人公の明良と同じように、「陰陽師は多分かっこいい技みたいなのを出す」くらいの知識しかなかったのですが、調べれば調べるほど奥が深く、多岐に渡る内容で活動していることを知りました。

陰陽師縁の地も日本中に色々あるようなので、機会があれば行ってみたいなぁと思っています。

最後に謝辞を。最初はだいぶふんわりした内容だった原稿を導いてくださった担当様、ライター様、誠にありがとうございます。感謝の気持ちでいっぱいです。

本を出す度、たくさんの方々のおかげで一冊の本ができるのだなぁとしみじみと考えます。

そしてこの本をお手に取ってくださった読者様にも、心からの感謝を。

またどこかでお会いできますように。

二〇一九年　十一月　御守いちる

この物語はフィクションです。実在の人物、団体等とは一切関係がありません。

御守いちる先生へのファンレターのあて先
〒104-0031　東京都中央区京橋1-3-1　八重洲口大栄ビル7F
スターツ出版（株）書籍編集部 気付
御守いちる先生

陰陽師・榊原朧のあやかし奇譚

2019年11月28日　初版第１刷発行

著　者　　御守いちる　©Ichiru Mimori 2019

発 行 人　菊地修一
デザイン　カバー　原口恵理（ナルティス）
　　　　　フォーマット　西村弘美
発 行 所　スターツ出版株式会社
　　　　　〒104-0031
　　　　　東京都中央区京橋1-3-1　八重洲口大栄ビル7F
　　　　　出版マーケティンググループ　TEL 03-6202-0386
　　　　　（ご注文等に関するお問い合わせ）
　　　　　URL　https://starts-pub.jp/
印 刷 所　大日本印刷株式会社

Printed in Japan

ISBN　978-4-8137-0792-9　C0193

スターツ出版文庫　好評発売中!!

『お嫁さま！～不本意ですがお見合い結婚しました～』西《にし》ナナヲ・著

恋に奥手な25歳の桃子。叔父のすすめで５つ年上の久人と見合いをするが、その席で彼から「嫁として不足なければ誰でも良かった」とまさかの衝撃発言を受ける。しかし、無礼だけど正直な態度に、逆に魅力を感じた桃子は、彼との結婚を決意。大人で包容力がある久人との新婚生活は意外と順風満帆で、やがて桃子は彼に惹かれていくが、彼が結婚するに至ったある秘密が明らかになり…!? “お見合い結婚”で結ばれたふたりは、真の夫婦になれるのか…!?

ISBN978-4-8137-0777-6 ／ 定価：本体600円＋税

『探し屋・安倍保明の妖しい事件簿』真山《まやま》 空《そら》・著

ひっそりと佇む茶房『春夏冬《あきなし》』。アルバイトの稲成小太郎は、ひょんなことから謎の常連客・安倍保明が営む“探し屋”という妖しい仕事を手伝わされることに。しかし、角が生えていたり、顔を失くしていたり、依頼主も探し物も普通じゃなくて!?　なにより普通じゃない、傍若無人でひねくれ者の安倍に振り回される小太郎だったが、ある日、安倍に秘密を知られてしまい…。「君はウソツキだな」――相容れない凸凹コンビが繰り広げる探し物ミステリー、捜査開始！

ISBN978-4-8137-0775-2 ／ 定価：本体610円＋税

『そういふものに わたしはなりたい』櫻《さくら》いいよ・著

優等生で人気者・澄香が入水自殺!?　衝撃の噂が週明けクラスに広まった。昏睡状態の彼女の秘密を握るのは５名の同級生。空気を読んで立ち回る佳織、注目を浴びようともがく小森、派手な化粧で武装する知里、正直でマイペースな高田。優しいと有名な澄香の恋人・友。澄香の事故は自殺だったのか。各々が知る澄香の本性と、次々に明かされていく彼らの本音に胸が掴まれて…。青春の眩さと痛みをリアルに描き出す。櫻いいよ渾身の書き下ろし最新作！

ISBN978-4-8137-0774-5 ／ 定価：本体630円＋税

『君が残した青をあつめて』　夜《よる》野《の》せせり・著

同じ団地に住む、果歩、苑子、晴海の三人は幼馴染。十三歳の時、苑子と晴海が付き合いだしたことに嫉妬した果歩は、苑子を傷つけてしまう。その直後、苑子は交通事故で突然この世を去り……。抱えきれない後悔を背負った果歩と晴海。高校生になったふたりは、前を向いて歩もうとするが、苑子があつめていた身の回りの「青」の品々が残像となって甦る。晴海に惹かれる心を止められない果歩。やがて、過去を乗り越えたふたりに訪れる、希望の光とは？

ISBN978-4-8137-0776-9 ／ 定価：本体590円＋税

スターツ出版文庫　好評発売中!!

『満月の夜に君を見つける』　冬野《ふゆの》夜空《よぞら》・著

家族を失い、人と関わらず生きる高1の僕は、モノクロの絵ばかりを描く日々。そこへ不思議な雰囲気を纏った美少女・水無瀬月《ゆえ》が現れる。絵を前に静かに微笑む姿に、僕は次第に惹かれていく。しかし彼女の視界からはすべての色が失われ、さらに“幸せになればなるほど死に近づく”という運命を背負っていた。「君を失いたくない―」彼女の世界を再び輝かせるため、僕はある行動に出ることに…。満月の夜の切なすぎるラストに、心打たれる感動作！

ISBN978-4-8137-0742-4 ／ 定価：本体600円＋税

『明日死ぬ僕と100年後の君』　夏木《なつき》エル・著

やりたいことがない“無気力女子高生”いくる。ある日、課題をやらなかった罰として1カ月ボランティア部に入部することに。そこで部長・有馬と出会う。『聖人』と呼ばれ、精一杯人に尽くす彼とは対立ばかりのいくるだったが、ある日、有馬の秘密を知り…。「僕は、人の命を食べて生きている」――1日1日を必死に生きる有馬と、1日も早く死にたいいくる。正反対のふたりが最後に見つける“生きる意味”とは…？　魂の叫びに心揺さぶられる感動作!!

ISBN978-4-8137-0740-0 ／ 定価：本体590円＋税

『週末カフェで猫とハーブティーを』　編乃《あみの》 肌《はだ》・著

彼氏に浮気され、上司にいびられ、心も体もヘトヘトのOL・早苗。ある日の仕事帰り、不思議な猫に連れられた先には、立派な洋館に緑生い茂る庭、そしてイケメン店長・要がいる週末限定のカフェがあった！　一人ひとりに合わせたハーブティーと、聞き上手な要との時間に心も体も癒される早苗。でも、要には意外過ぎる裏の顔があって…!?　「早苗さんは、特別なお客様です」――日々に疲れたOLと、ゆるふわ店長のときめく（？）週末の、はじまりはじまり。

ISBN978-4-8137-0741-7 ／ 定価：本体570円＋税

『こころ食堂のおもいで御飯～仲直りの変わり親子丼～』　栗栖《くりす》ひよ子《こ》・著

“あなたが心から食べたいものはなんですか？”――味オンチと彼氏に振られ、内定先の倒産と不幸続きの大学生・結。彼女がたどり着いたのは「おまかせで」と注文すると、望み通りのメニューを提供してくれる『こころ食堂』。店主の一心が作る懐かしい味に心を解かれ、結は食欲を取り戻す。不器用で優しい店主と、お節介な商店街メンバーに囲まれて、結はここで働きたいと思うようになり…。

ISBN978-4-8137-0739-4 ／ 定価：本体610円＋税

スターツ出版文庫　好評発売中!!

『いつか、眠りにつく日２』　いぬじゅん・著

「命が終わるその時、もし“きみ”に会えたなら」。高２の光莉《ひかり》はある未練を断ち切れぬまま不慮の事故で命を落とす。成仏までの期限はたった７日。魂だけを彷徨わせる中、霊感の強い輪《りん》や案内人クロと共に、その未練に向き合うことに。次第に記憶を取り戻しつつ、懐かしい両親や友達、そして誰より会いたかった来斗《らいと》と、夢にまで見た再会を果たす。しかし来斗には避けられないある運命が迫っていて…。光莉の切なる祈りの果てに迎えるラスト、いぬじゅん作品史上最高の涙に心打ち震える!!

ISBN978-4-8137-0704-2 ／ 定価：本体580円＋税

『僕は君と、本の世界で恋をした。』　水沢《みずさわ》理《り》乃《の》・著

自分に自信がなく、生きづらさを抱えている文乃《あやの》。ある日大学の図書館で一冊の恋愛小説と出会う。不思議なほど心惹かれていると、作者だという青年・優人《まなと》に声をかけられる。「この本の世界を一緒に辿ってくれない？」――戸惑いながらも、優人と過ごすうちに文乃の冴えない毎日は変わり始める。しかしその本にはふたりが辿る運命の秘密が隠されていて……。すべての真実が明かされる結末は感涙必至！「エブリスタ×スターツ出版文庫大賞」部門賞受賞作！

ISBN978-4-8137-0702-8 ／ 定価：本体550円＋税

『たとえ明日、君だけを忘れても』　菊川《きくかわ》あすか・著

平凡な毎日を送る高２の涼太。ある日、密かに想いを寄せる七瀬栞が「思い出忘却症」だと知ってしまう。その病は、治療で命は助かるものの、代償として“一番大切な記憶”を失うというもの。忘れることを恐れる七瀬は、心を閉ざし誰とも打ち解けずにいた。そんな時、七瀬の“守りたい記憶”を知った涼太は、その記憶に勝る“最高の思い出”を作ろうと思いつき……。ふたりが辿り着くラスト、七瀬が失う記憶とは――。驚きの結末は、感動と優しさに満ち溢れ大号泣！

ISBN978-4-8137-0701-1 ／ 定価：本体590円＋税

『ご懐妊!!』　砂川雨路《すながわあめみち》・著

広告代理店で仕事に打ち込む佐波は、上司の鬼部長・一色が苦手。しかし、お酒の勢いで彼と一夜を共にしてしまい、後日、妊娠が判明！迷った末に打ち明けると、「産め！結婚するぞ」と驚きのプロポーズ!?　仕事人間の彼らしく、新居探し、結婚の挨拶、入籍…と、新規事業に取り組むように話は進む。この結婚はお腹の赤ちゃんを守るためのもので愛はないとわかっていたはずなのに、一色の不器用だけどまっすぐな優しさに触れ、佐波は次第に恋心を抱いてしまって…!?

ISBN978-4-8137-0705-9 ／ 定価：本体620円＋税

書店店頭にご希望の本がない場合は、書店にてご注文いただけます。